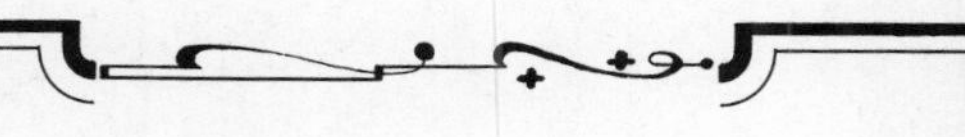

メディアワークス文庫

幻花の婚礼
贄は囚われの恋をする

染井由乃

目　次

序章　薄紅色の追憶

薄紅色の花びらが舞い散る中、木陰に座ってせっせと花冠を編む。

隣では、私よりずっと器用な彼が綺麗な円状に花を連ねていた。

「いいか、次はこの花をここに通すんだ」

「……こう？」

少年に教えられたとおりに、指を動かす。同じ動きをしているはずなのに、やっぱり少年のようにうまくはいかなかった。

「不恰好だな」

鼻で笑うような少年の声に、思わず唇を尖らせる。

どれだけ大勢の大人から罵られても平気でいられるのに、彼の小馬鹿にするような言葉はなんだかとても悔しかった。

「ああ、でも、蝶はお前の花冠をお気に召したみたいだぞ」

彼はそっと私との距離を詰め、不恰好な花冠を覗き込む。

彼の言葉通り、春の色彩が編み込まれた花冠には、いつのまにか目の覚めるような蒼い蝶が留まっていた。

「きれい……」

あまり外に出たことのない私にとっては、初めて見るものだった。きらきらと鱗粉を落とすように羽をゆらめかせる様が綺麗で、彼に馬鹿にされたことも忘れて見入ってしまう。

だが、薄紅色の花びらが花冠の上へ舞い落ちてきたのを機に、蝶は羽を休めるのをやめてしまった。

「あ……」

蒼い蝶は、木陰から柔らかな春の日差しの方へ迷いもせずに飛び立ってしまう。

もう、私には追いかけることすらもできない。

……もっと、見たかったのに。

しゅん、と肩を落としたのも束の間、ふいに、隣に座っていた彼がひだまりの中へ躍り出た。そうして私よりも器用な指先で、包み込むように蝶を捕まえる。

私には到底真似できない何もかもが、眩しく見えて仕方がなかった。

「もっと見たかったんだろ？　ほら」

彼はどこか得意げな様子で木陰へ戻ってきた。顔を黒い薄布で覆っているせいで、その表情を窺い知ることはできない。きっと、晴れやかに笑っているだろうに、その笑みを直接目にすることができないのが残念だった。

彼はそのまま地面に膝をつき、丁重な仕草で羽を指先に挟みながら、蒼い蝶を私の目の前に差し出す。蒼い鱗粉は、宝石を砕いた粉のように輝いていた。

思わず頬を緩めて蝶を観察する。蝶なんて、標本か刺繍の中でしか見たことがない。

「生きていて、かわいいわ」

「そうだな。標本より、こっちのほうがずっといい」

彼も柔らかな声音で、慈しむように蝶の羽を撫でた。

やはりその表情が窺い知れないことに、もどかしさを覚える。

彼は、どんな目でこの世界を眺めているのだろう。

「どうした？」

視線を感じたのか、彼の顔がこちらに向けられる。薄布が、ふわりと春風に揺れたが、目もとまでは見せてくれなかった。

誤魔化すように首を横に振って、小さく微笑む。

「ううん、ただ、捕まえてきてくれたのが嬉しかったの。ありがとう、私には……できないから」

ためらいなくひだまりの中に躍り出た彼の姿は、眩しかった。

彼は、私にできないことを容易くやってのけるから、羨ましくもあり、ほんのすこし寂しくもある。いつか、私を置いてひだまりの向こうへ行ってしまいそうで。

「お前がそんな表情をする必要はない」

ふい、と顔を背けて、彼は続けた。

「……お前がひだまりの中でしたいことはぜんぶ、俺が叶えてやる。ひとりで影の中においていったりしない」

ふ、と笑みがこぼれる。彼の不器用な優しさは、春の温もりによく似ていた。

……ひなたぼっこって、きっとこういう感じなのね。

じわりと心の中が温かいもので満たされる感覚が、心地よかった。彼と一緒にいると、あらゆる感情が動かされて忙しい。

そしてそのたびに、ゆっくりと芽吹く知らない何かがあることにも気づいていた。いずれきっと大輪の花を咲かせる、特別で、すてきな何かだ。

「そろそろ放すぞ」

「ええ」

彼の手が、蝶の羽ばたきを後押しするように空に掲げられる。蒼い蝶は、力強く羽ばたきながら、真っ白な雲の浮かぶ青空に飛び立っていった。

……いいな、私も、ここから出られたらな。

空色を遮るように、薄紅色の花びらが舞う。

ひらひらと舞う花びらたちの行方を追うように視線を伏せれば、遠くに誰かの影が見えた。

その誰かを認識しようとした瞬間、ぶわり、と視界が薄紅色の花びらで覆い尽くされる。優しい彼の姿も瞬く間に見えなくなり、気づけば私は暗闇の中にひとりきりだった。

「……どこにいるの、ねえ」

呼びかけても、返事は返ってこない。暗闇が深く黒を増していく。

「いや……ひとりは、いや……」

やがて花びらは点々と赤い血を纏って、私の周りに降り積もり始めた。

身動きができないほど、深く、重く、埋もれていく。

「そばにいて……お願い、ひとりにしないで……！」

あなたが、そばにいてくれなければ私は――。

花びらの海の中で、泣きじゃくりながら懇願する。

どれだけ願っても、彼の声は聞こえなかった。

代わりに響きわたるのは、いつだって美しく恐ろしいあのひとの声だ。

「笑って、フィーネ」

ひたり、ひたりと背後から忍び寄るように、毒気を帯びた甘い声に包まれる。

「……笑ってよ」

首筋に、彼の細く長い指がまとわりついているような気がした。

薄紅色の花びらが、鎖のように連なって、逃げ出すことを許してくれない。

そうだ、きっとあのひとは、私を逃がしてなどくれない。逃げるなんて、考えてもいけない。

その重苦しい現実に息を詰まらせながら、私は無理やり笑みを取り繕うのだ。

「ごめんなさい、ごめんなさい……お兄さま」

大粒の涙を流しながら、口角を上げる。

背後から私を抱きしめる彼が、愉悦を覚えたように笑うのがわかった。

第一章　純白の神官と漆黒の吸血鬼

ゆっくりとまぶたを開けると同時に、つうっと目じりに涙が伝っていく。

いつものことだから、今更もう驚かない。今日も、きっと同じ夢を見たのだろう。

上体を起こしながら、手の甲でそっと涙を拭う。目を閉じれば、夥しい数の薄紅色の花びらが眼裏に浮かんだ。

何かとても大切な夢を見ていた気がするけれど、覚えているのはいつもこの花びらのことだけだ。名前も知らない、美しい花だった。

光の遮られた天蓋の中で、そっと左手の薬指にくちづける。毎朝の私の日課だ。

まもなくして、天蓋から下ろされた黒の薄絹越しに人影を認めた。透かし模様が施されているおかげで、布が下ろされたままでも室内の様子はある程度把握できる。

「フィーネお嬢さま、お目覚めになりましたか」

慎ましく礼をして問いかけてくるのは、私付きの侍女ローラだ。鈍色の髪を三つ編みにして、黒いお仕着せを纏っている。白いエプロンは、今日も清潔に保たれていた。

ローラの訪れを確認して、ようやく私は寝台の縁まで移動した。私の動きに合わせて、薄絹が割り開かれていく。

　クロウ伯爵一族は、お付きの侍女が来るまで自分で寝台を降りてはいけない。部屋が陽の光から守られていることを侍女たちに確認してもらったあとでなければ、自分の部屋の中とはいえど勝手に歩き回ってはいけないのだ。

「おはようございます、お嬢さま。……今日も、泣いていらしたのですね」

「気にしないで。何も悲しくなんてないの」

　ローラは、私が訳のわからない夢を見ては涙を流していることを知っている。毎朝いちばんに私の様子を確認するのだから、隠し通すのは不可能だった。

　私がこれ以上この話に踏み込まれたくないことを弁(わきま)えている彼女は、「お支度をいたしましょう」と何事もなかったかのように私の身支度を整えてくれた。

　彼女が用意してくれたお湯で洗顔をし、薄紅色の髪を梳(す)いてもらう。

　朝だというのに暗いままの部屋の中では、私の髪の色は血のようなくすんだ赤に見えていることだろう。色が変わっているだけで特別美しくもない髪なのに、ローラは繊細な手つきで毛先まで丁寧に梳いてくれた。

「お化粧は、『目覚めの食事』のあとにいたしましょうね」

　ローラの言葉に、ぐっと息が詰まる。

そうだ、今朝は「目覚めの食事」をしなければならない日だった。

ローラは早速、自身のお仕着せの左腕の袖を捲り、清らかな水に浸した布で手首を何度かこすっていた。そうして寝台の縁に腰掛けた私の前に跪くと、まるで献上するかのように右手で左手を持って差し出してくる。

ローラは何も言わない。きっと、嫌で仕方ないだろうに、何も言わずにこうして私に自分の体を捧げてくれている。

だから、私もわがままを言ってはいけないのだ。どこか憂鬱な気持ちのまま、睫毛を伏せてそっと彼女の手首に噛みついた。

「っ……う」

漏れた呻き声は、どちらのものだっただろう。じわりと広がる血の味に顔をしかめながら、ごくり、と音を立ててひと口飲み込んだ。

私が生まれたこのクロウ伯爵家は、王国レヴァインの唯一の吸血鬼一族だ。

吸血鬼なんてものは、一般的な常識で言えば、この国でも周辺諸国でもお伽話の中の存在に過ぎない。気の遠くなるような昔にはそれなりに数がいて、戯れに人間の血を貪っては殺す残虐を繰り返していたらしいが、事態を重く見た神官たちが吸血鬼狩りを行い、今では激減してしまった。

唯一、聖国メルヴィルという国には近ごろまでいくつもの吸血鬼一族が暮らしていたというが、その国も八年前に滅びてしまった。お伽話の時代のような力は、すでに私たちにはない。

吸血鬼の数が減り始めてからというもの、人間に対する認識も改められ、人間は「贄」ではなく「共存する相手」なのだと考えられるようになった。以来、吸血鬼は人間に紛れて、身を潜めて生きるようになったのだ。

私たちも、今やごく普通の伯爵家一族として暮らしている。すこしだけ陽の光に弱い、変わった瞳の色を持つ貴族として。

吸血鬼一族とはいっても、昔に比べれば力の弱った私たちは、命を繋ぎ止めるのに大量の血は必要としない。栄養は人と同じ食事から摂ることもできるし、満腹感もそれで得られる。

ただ、少量とはいえ定期的に血液を摂取しないと、命が脅かされるのは確かだった。吸血の量や頻度は吸血鬼によってさまざまだが、私の場合、週にいちど五口ほどの血を飲むことが生命の維持に必須だった。これがローラの言う「目覚めの食事」だ。

血を提供してくれるのは、クロウ伯爵家に代々仕えているバート一族だ。この屋敷の使用人は、メイドから料理長に至るまで、誰もが皆バート一族の者だった。もちろん、ローラだって例外ではない。

陽の光からも人の目からも守られた暗い屋敷の中で、すこしだけ血を飲んで、秘密を守り抜く。それだけで、普通の人たちと同じように暮らせる。

そんな何不自由ない環境を与えられ、血を差し出してくれるローラのような存在もいる私は、とても恵まれている、はずなのに。

「ぐ……っ」

ひと口と半分ほどを飲んだところで吐き気に襲われ、ローラの手首から口を離してしまった。咄嗟に手で口もとを押さえるも、飲み込みきれなかった彼女の血が唇の端からあふれて、黒のネグリジェに滴り落ちていく。血がこぼれ落ちた箇所から、いっそう深い闇のような色が広がっていった。

「お嬢さま……申し訳ございません！」

ローラが慌てた様子で立ち上がり、私の背中をさすってくれた。

彼女の過失だと言わんばかりの態度だが、悪いのは私だ。吸血鬼一族の令嬢として生まれておきながら、うまく血を飲むことができない私が悪いのだ。

十八歳になった今も、吸血は不快で仕方がない。血をおいしいと思ったことなど、いちどだってなかった。

どうやら私は幼いころから吸血が苦手なようで、駄々をこねて「目覚めの食事」をしなかったことがあったのだという。結果、ひと月もの間死の淵を彷徨い、その後遺症で、幼少期の記憶はほとんどなくなってしまった。

「お嬢さま……今度は右手にいたしましょうか？　お嬢さまの飲みやすい場所からで構いません。どうか、もうすこしお飲みください……」

ローラは可哀想なほどに眉を下げて、懇願するように吸血を促した。思わず俯いて、ネグリジェをぎゅう、と握りしめる。

幼馴染とも思っている相手からこんなふうに言われるたび、伯爵家とバート一族の歪な関係を思い知らされる。

私の体調なんて気にせずに、痛いから嫌だ、と逃げてくれても構わないのに。

「いけないな、フィーネ。こんなに汚してしまって」

怪しげな甘さを孕んだ声に、はっと顔を上げる。

いつのまにか、私とローラのそばには、白銀の髪の青年が立っていた。

「お兄、さま……」

月の光を閉じ込めたような銀の髪と、左側だけあらわになった深紅の瞳。銀の髪で隠された右目は、私の瞳の色を暗くしたようなくすんだあやめ色だ。いつだって目もとには翳りがにじんでいて、闇とともに暮らしているような陰鬱な雰囲気が彼にはあった。

すらりと背が高いせいで、座った状態で見上げると威圧感さえ覚える。

ぞっとするほど美しい、吸血鬼中の吸血鬼のような姿をしたこのひとが、ノア・クロウ——私のお兄さまだった。

「フィーネ、わかっているね？　どれだけ嫌でも、ちゃんと飲まなければいけないよ」

優しい口調で微笑みながら、お兄さまは床に跪いていたローラの左腕をぐい、と引き寄せた。

その拍子に、私が噛みついた傷からじわりと血がにじみ出す。ローラが声もなく痛みに眉を寄せたのがわかった。

「ごめんなさい……うまく、飲めなくて……」

「だめだよ、フィーネ。……また、前のように体調を崩すのは嫌だろう？」

もちろん、二度も死の淵を彷徨うのは御免だ。けれどそれをわかっていてもなお、血を吸うのは気が進まなかった。

軽く俯くようにして、もやもやとした感情を無理やり抑え込む。「目覚めの食事」をあと回しにするという選択肢はきっとない。十分に血を飲まなければ、お兄さまは私を部屋から出してくれないだろう。

ぎし、と寝台に乗り上げるようにして、お兄さまは私との距離を詰めた。整えられたばかりであろうクラバットを解くように、長い指先がかけられている。

「……それとも、僕の血を飲む？」

夜のように翳る色気をにじませて、お兄さまは微笑んだ。わずかに首を傾けた拍子に、普段は隠されたままのくすんだあやめ色の右目があらわになる。

「……っ」

ずきり、と胸が鋭く痛み、思わず俯くように視線を逸らしてしまった。

何度見ても、あの目を見慣れることはない。――私の、罪の証だ。

「……吸血鬼同士の吸血は、禁忌のはずです、お兄さま」

吸血鬼はどんな人間の血だって飲めるが、吸血鬼同士の吸血だけは禁忌だった。人が人を食べてはいけないのと同じような倫理観で定められた掟だ。吸血鬼の絶対数がすくない今となっては、ほとんど気にかけられなくなった掟だが、お兄さまと私の間ではこうして持ち出されることが多い。

だが、お兄さまはいっそう私との距離を縮めて、愛の言葉でも囁くように甘く笑う。

「フィーネとなら、どんな禁忌も侵せるよ」

耳のそばでお兄さまの吐息を感じて、かあっと頬が熱くなるのがわかった。

お兄さまは怖いことを仰っているはずなのに、恐怖だけでなく、心の底が疼くように思うのはなぜだろう。

そして疼きを覚えるたびに、彼に絡めとられていくような感覚に囚われるのも確かだった。もう二度と、逃げ出せなくなるほどに。

いや、ひょっとすると、もうとっくに手遅れなのかもしれない。

逃げ出そうなんて考えること自体が間違っていると思うくらいに、私たちは見えない強力な鎖で結びついていた。

頰の熱に浮かされるようにして、両目に涙が浮かぶ。お兄さまがこの変化に気づいていないはずもないけれど、彼は構わず私の前にローラの手首を差し出した。

「フィーネ、ほら、おいしそうだね？……ちゃんと飲めるよね？」

優しい言葉のはずなのに、わずかな身動きも許されないほどに縛られているような心地になる。お兄さまの美しい声は、いつも猛毒のようだった。

お兄さまに促されるがまま、差し出されたローラの手首にもういちど口をつける。

不快な味は変わらないが、ごく、と音を立てて飲み込むたびに、お兄さまの大きな手がゆっくりと頭を撫でてくれた。その感覚に酔いしれるようにして、いつも飲んでいる五口ぶんをなんとか飲み下す。

「ちゃんと飲めてえらいね、フィーネ」

いつのまにか私と並ぶようにして寝台の縁に座ったお兄さまに、そっと腰を引き寄せられた。

唇から、ぽたぽたとローラの血がこぼれ落ちてネグリジェを汚していく。血を飲んだあとは、得体の知れない陶酔感に支配されてしまってろくに言葉も返せない。

血がこぼれ落ちていく感覚が不快で、左の手のひらで強く拭う。その手を下ろす前に、横から伸びてきた大きな手に摑まれてしまった。

半ば強引にお兄さまに引き寄せられると、彼は私の手のひらを見つめ、そのまま薬指に噛みつくようにくちづけた。鈍い痛みを覚えたかと思えば、指のつけねにそって唇が移動していく。

あふれた血の名残を追うように、お兄さまの舌がゆっくりと手のひらを這(は)っていた。およそ朝にはふさわしくない熱のこもった触れあいに、ふ、と吐息がこぼれていく。

寄り添いあうように肩を寄せる私たちの足もとでは、ローラが視線を伏せて私がこぼした彼女の血の後始末をしていた。

この家は、歪(ゆが)んでいて昏(くら)い。何度朝を迎えようとも、この屋敷だけは深い夜闇に囚われたままのような気がしていた。

透かし模様の施された黒のカーテンが日差しを遮っているせいで、クロウ伯爵邸の中はどこも薄暗い。家族が食事を囲む食堂も、例外ではなかった。

屋敷の他の部屋同様、黒の調度品に囲まれながら、朝食を摂る。お父さまとお母さまは私とお兄さまが席につくのを待っていてくれたのに、今日は「目覚めの食事」があったせいで思うように食が進まなかった。

「今夜の舞踏会の支度は万全かしら、フィーネ。足りないものはない？」

無駄な装飾のない黒のドレスを隙なく着こなしたお母さまは、今日も神秘的な雰囲気を漂わせていた。

お母さまは、すこしくすんだ金の髪と深紅の瞳が美しいひとだ。毅然とした面持ちは、落ち着いた品のよさを醸し出している。

「はい。不足はありません、お母さま」

漆黒に近い濃藍の絹のドレスに、虹色に光る真珠をちりばめた今夜のドレスは、今まで仕立ててもらったものの中でも一、二を争うほど美しかった。――どちらかといえば気の進まない舞踏会なだけに、ここまでしてもらう必要はなかったのだけれども。

「あまり飾り立てるのもいけない。悪い虫がついたら大変だ」

言葉通り心配そうに私を見つめるのは、このクロウ伯爵家の当主、私のお父さまだ。言葉数はあまり多くないけれど、いつでも私を思いやる言葉をかけてくださる。

「ご心配なく、悪い虫はすべて僕が排除いたします」

先ほどまで私の部屋で漂わせていた凄絶な色気の名残を纏ったまま、お兄さまはさらりと言ってのけた。そのまま、なんてことないように、優雅な所作で食事を続ける。

お兄さまは吸血鬼の形質が濃いために、ほぼ毎朝「目覚めの食事」をなさっているが、私のように食が進まなくなることはなかった。

「……お兄さまが守ってくださるから、何も心配ありません、お父さま」

夜会には何度か出ているが、いちどもお兄さま以外の男性と踊ったことはなかった。それどころか、同世代の令嬢ともろくに交流できていない状況だ。悪い虫、なんてつきようがない。

「ノア……牽制もほどほどになさい。フィーネにも、夜会を楽しむ自由はあるのよ」

お母さまは溜息まじりに諫めた。どことなく、私たちを案ずるような色も見受けられる。

だが、肝心のお兄さまはそれを受けても涼しい顔で微笑むばかりだ。

「牽制？　……何のことだか」

「お前たちの過去を思えば、お前がフィーネを守ろうとする気持ちはわかるがな……」

お兄さまが、ぴくりと肩を震わせた。

「……そのような話は、フィーネの前ではしない約束でしょう」

珍しく、お兄さまの表情が曇る。軽く俯いた拍子に、前髪で隠されていたくすんだあやめ色の右目が覗いた。

クロウ伯爵家は、決して仲の悪い一家ではない。お父さまもお母さまもお兄さまも、私に無償の愛を注いでくれていると思う。

けれども、時折こうして私の知らない何かが、彼らの心を曇らせるのだ。十八年生きた今も、その理由はわからないままだった。

「……とにかく、フィーネは今夜の舞踏会のことだけを考えていればいいわ。すてきなひとがいたら、ノア以外とも踊っていいのよ。ノアだって、ユリス侯爵令嬢と踊るのだから」

ユリス侯爵令嬢。

その名前を聞いた途端に、じくじくと膿むように胸が痛むのがわかった。

これこそが、今日の舞踏会に乗り気でない理由だ。

「僕はまだその話を認めたわけではありませんよ」

「……ユリス侯爵家は、吸血鬼の名門一族よ。あなたの相手にふさわしいと思うわ」

テーブル越しに行われるふたりの会話が、遠くの世界の音のように響いていた。この話題になるたび、深い闇の中に放り出されるような心地になる。

吸血鬼の貴重な血を守るため、私たちの婚姻は基本的に吸血鬼同士で行われる。

だが、私たちが暮らす王国レヴァインの吸血鬼一族は、我がクロウ伯爵家しかない。従って、私やお兄さまの結婚相手は、他国の吸血鬼一族から選び出すしかないのだ。お母さまだって、異国の吸血鬼一族の出身だった。

同様に、お兄さまの婚約者として隣国の吸血鬼一族であるユリス侯爵令嬢が候補に上がるのは、ごく自然な流れだった。

ユリス侯爵令嬢——ミシェルさまは、帝国ベルニエの吸血鬼の名家、ユリス侯爵家のご令嬢だ。年は私よりひとつ上の十九歳。白金の髪と血のような紅の瞳が美しい方で、吸血鬼らしく、誰もが見惚れるような美貌の持ち主だ。お兄さまと歳が近いこともあり、このところ、お兄さまの縁談相手として候補に上がっている。

ユリス侯爵令嬢はこの縁談に乗り気なようで、すでに何度か我が家に恋文も届いているという。だが、お兄さまの同意が得られていないため、未だ婚約には至っていない状態だった。

お兄さまとユリス侯爵令嬢の縁談が膠着状態にあることに、どこか安堵を覚えている私は救いようがないほど愚かだ。恐ろしいほど重く深いお兄さまの愛から逃げ出したくなることもあるくせに、私から離れていかないでほしいと思っている。このままではふたりとも幸せになんてなれないとわかっていても、差し出された手を振り払えない。

先ほどまでお兄さまがくちづけていた手のひらをきゅっと握りしめ、自嘲気味な笑みを浮かべた。

……私は、懲りずに今もわがままね、お兄さま。

縋るように、隣に座ったお兄さまを見やれば、すぐに目が合った。お兄さまも、ずっと私を見ていたのだろう。

「そのようなご心配はなさらずとも……僕にはフィーネがいますから」

お兄さまは意味ありげに笑って、なんてことないように食事を再開した。お父さまとお母さまがぐっと息を呑むのがわかったのに、お兄さまの言葉に仄暗い安堵を覚える私はどうあっても罪深い。

――どこにも嫁がなくていい。君はいつまでも僕と一緒にいればいいんだ。僕がずっと、フィーネを守るよ。

かつて、お兄さまに抱きしめられながら告げられた言葉が蘇る。忘れたくても忘れられない、毒のように甘い言葉だ。

お兄さまはそんな私の心の中を見透かすように軽く首を傾けて、甘く微笑んだ。その拍子に、白銀の前髪から右の目がちらりと覗く。

生まれつきの色ではない、くすんだあやめ色の瞳。――私のせいで、色が変わってしまった右目。

……おそばにおります、お兄さま。私が、あなたの右目になるの。

たとえ許されないとしても、お兄さまが望むのなら、それが正しい道なのだろう。私だって、今更お兄さまから離れられない。

睫毛を伏せて、そっと薬指にくちづける。

指輪なんてなくとも、私たちは切っても切れない鎖で繋がっている気がしていた。

◇

舞踏会は、王国レヴァインの王城で開かれた。

水の国とも呼ばれる王国レヴァインの王城というだけあって、王城を取り囲む庭園にはいくつもの小川がめぐらされ、前庭には巨大な噴水が煌めいている。どこにいても、さらさらと美しい水音が聞こえてくるのがこの城の特徴だ。

もっとも、今ばかりは話が別だ。清らかな水音も賑やかな音楽にかき消されてしまう。何せ今夜は、王国レヴァインの王女さまの生誕を祝う舞踏会なのだから。

舞踏会には、王国だけでなく隣国からも大貴族が招かれていた。その中に、お兄さまの婚約者候補であるユリス侯爵令嬢もいるのだ。いつ接触を図ってくるだろうかと思うと、煌びやかな光の下でも憂鬱な気持ちは打ち消せなかった。

「どうしたの、フィーネ。浮かない顔をして」

内緒話をするように、隣に並んだお兄さまが耳打ちする。

私のドレスと同じ生地で仕立てた礼装姿のお兄さまは、直視するのが憚られるほどの麗しさだった。その姿に一瞬目を奪われながらも、曖昧に微笑んで首を横に振る。

「なんでもありません。……ああ、見て、お兄さま。王女さまの御前でなにか催し物があるようですよ」

心に抱いた憂いを誤魔化すように適当な話題を振って、お兄さまの意識を逸らす。

王女の御前、広間の中心には白い服の人々が並んでいた。彼らを取り巻くように貴族たちが輪を作っているから、これから何かが始まるのだろう。

「ああ、あれは神殿の人間たちだね。僕らとは相容れない人々だから、あまり近づいてはいけないよ」

お兄さまは幼子に言い聞かせるような優しい声で注意しながら、そっと私の腰を引き寄せた。私も抵抗することなく、軽くお兄さまの肩に頭を預ける。

「神殿……怖いひとたちですね」

神殿にまつわる人間。それだけで、私たち吸血鬼一族にとっては脅威だ。

人前で吸血するような真似をしない限り、普通の人間に私たちが吸血鬼であると見破られることはまずないのだが、祈りに人生を捧げる神官ともなれば話は別だ。吸血鬼も神官も、かつてほどの力はないと言われているが、お伽話の中の存在である私たちがこうして生きているのに、今の神官たちの力をまったく否定するというのも妙な話だった。

とにもかくにも、私たちとは相容れない人間。ある意味、こういう場所でしかお目にかかれない珍しい人たちでもあった。

遠目に眺めるぶんには、害にならないだろう。お兄さまにもたれかかったまま、広間の中心で行われようとしている催しごとに意識を傾ける。

白い服の神官たちが、何やら長ったらしい祈りの言葉を唱え、周囲に集まった貴族たちもそれに合わせて唱和していた。祈りの対象は、女神レヴァインとかいう、この国の名前にもなっている水の女神だったような気がする。

退屈な時間だ。大して意味もなさそうな祈りを終えると、神官たちは広間の中心にたったひとりを残して脇に避けていく。

取り残されたのは、袖と裾に金の刺繍が施された純白の外套を纏っている神官だった。深くフードをかぶり、私たちに背を向けているので顔立ちはまるでわからなかったが、すらりと高い背や肩幅からして青年であろうことは想像がついた。

白い手袋をつけた右手には、外套に施された刺繍と同じ紋様が刻まれた純白の剣が握られている。柄の部分には、金や銀の紐で繋がれた小さな鈴がぶら下がっていた。実戦用というよりは、何か儀式めいたことのために使う剣といった印象を受ける。

その予想は外れていなかったようで、まもなくして広間の脇にいた神官たちがゆったりと聖歌を歌い始めた。

その歌に合わせて、青年が剣をかざし、外套を靡かせながら動き始めた。青年が動くたびに、剣の柄にぶら下がった鈴がしゃらしゃらと可憐な音を立てる。

……あれが、神官の剣舞。

確か、選ばれた神官だけが踊ることのできる、魔を打ち払い、女神に祈りを捧げる神聖な剣舞のはずだ。この国の宗教にまるで明るくなくとも、最低限の知識として知っていた。

今日は王女さまの生誕祭だから、特別に王城で披露しているのだろう。信仰心の篤い貴族でさえ、滅多に見られるものではないらしい。

ひとつひとつの動きがたっぷりとしており、空気を巻き込むように優美な舞だった。白い外套は波のようにも風のようにも見え、時間がゆっくりと流れているかのような錯覚に陥る。

……きれい、ね。

彼の舞は、芸術や宗教に精通していない私でも、思わず見惚れるほどに美しかった。吸血鬼としては忌み嫌うべきなのに、しゃらしゃらと流れるように響く鈴の音を、もっと聴いていたいと思ってしまう。

青年が力強く剣を振った拍子に、彼の顔を隠していたフードがふわりと取れた。あらわになったのは、濡羽色の髪と、冷たく整った涼やかな顔立ちだ。

息を呑んで彼の舞を見守っていた貴族たちから、感嘆の溜息がこぼれる。俗世に染まらない、侵しがたい清廉な雰囲気が、彼の端整な顔立ちをますます神秘的に見せていた。

しゃん、と鈴が鳴る。彼が剣をかざした瞬間に、前髪が煽がれて隠されていた瞳があらわになった。

「っ……」

なんて、澄みきった色なのだろう。

息をするのも忘れて、彼の瞳に見入ってしまった。

どこまでも透き通る、空の色だ。不思議な透明感と、突き抜けるような清廉さを持ちあわせている。

「……夏の風のような目ね」

思わずぽつりと呟(つぶや)いてしまうほどに、その一瞬、彼の目に心を奪われていた。

美しいものはたくさん見てきたつもりなのに、これほど繊細で透き通る色彩を私は他に知らない。

お兄さまの前であることも忘れて、食い入るように彼を見つめていると、ふと、舞い踊る彼と目が合った気がした。

皆の注目の的である彼が私だけを見るはずもないのだが、澄みきった空色の瞳はすべてを見透かすようにこちらを射抜いている。

……見つめすぎたかしら。それとも——。

どくん、と、ときめきとは無縁の動悸(どうき)を覚え、思わずお兄さまの礼服の袖をつまむ。

「……どうしたんだい？　甘えたくなった？」

お兄さまはそっと私を抱き寄せて、結い上げた薄紅色の髪に顔を埋めるようにくちづけを落とした。普段ならば心の奥底が鈍く疼くところなのに、あの青年と目が合ってから動悸が治まらない。

いや、私の考えすぎかもしれない。広間の中心まではずいぶん離れているのだ。細心の注意を払わなければ、知り合いを見つけるのも難しい距離だろう。それだけ離れていて、彼が私に注目したと考えるのもおかしな話だった。

きっと、先ほど目が合ったように感じたのは偶然だ。それを確かめるように、恐る恐る広間の中心を見やる。

瞬間、舞い踊る彼が横目で私を捉え、にいっと口もとを歪ませたのがわかった。

気持ちのいい笑みではない。清廉な雰囲気を纏っている彼が浮かべる表情とは思えないほど残忍で、嗜虐的な笑みだった。

だが人々には天使の微笑みにでも見えているのか、ほう、と嘆息が漏れ聞こえてくる。

「さすが、神殿育ちの令息だな……」

「なんて清らかなの」

こらえきれなかったのか、ひそひそと彼を称えるような言葉がわき起こるが、私はとてもじゃないが手放しで彼を褒めるような気持ちにはなれなかった。

「お兄さま……広間で舞っているあのひとは、どなた？」

すり寄るようにお兄さまの顔を見上げれば、すぐに甘くとろけるような笑みが返ってきた。私の好きな笑みに、すこしだけ胸を撫で下ろす。

「あれは、代々神官長を輩出しているエイベル公爵家の令息だよ。君とは関わりのない人間だ。名前は覚えなくていい」

「エイベル公爵家の……」

神殿事情に疎い私でも、その家名くらいは聞いたことがあった。一族から神官長を輩出する、神殿の主とも言うべき名家だ。エイベル公爵家の子女は神殿で育ち、成長したあとも滅多に社交界には顔を出さないことで有名だ。エイベル公爵家が招待を受けた夜会やお茶会は、それだけで箔がつくほどだった。

王女の生誕祭ともなれば、エイベル公爵家も顔を出さないわけにはいかなかったのだろう。皆が彼の舞に注目していたのは、単に剣舞が美しかったからだけではなく、神秘のベールに包まれた公爵令息をひと目見たかったからに違いない。

……絶対に、関わってはいけないひとだわ。

縋りつくように、そっとお兄さまの胸に顔を埋める。どんな方法でもいいから、この胸騒ぎを鎮めてほしい。私を守り抜いてほしい。

お兄さまはその想いを汲み取ったかのように、ゆっくりと私の頭を撫でてくれた。

「今夜のフィーネはずいぶん甘えたがりだね。……舞踏会はもう切り上げて、ふたりきりで過ごそうか？」

どこか背徳感の漂うお兄さまの誘いに、言葉もなくただ彼にしがみつく力を強めた。

頷(うなず)いてはいけない。けれど、この場から逃げ出したくてたまらなかった。

「あら、ノアさまにフィーネさま。今夜もずいぶんと仲がよろしいのね」

背後から響く可憐な声に、はっと我に返る。

咄嗟に振り返れば、そこには深い紅のドレスを纏った美しい令嬢がいた。

白金の髪をゆったりと結い上げ、細い首を惜しげもなく晒(さら)している。血のような赤色の瞳が、綺麗な形で細められていた。

「ユリス侯爵令嬢……」

お兄さまにいちばん近いこの場所を、譲りたくないと反射的に思ってしまう。

だが、彼女はお兄さまの婚約者候補筆頭だ。無礼な振る舞いをするわけにはいかない。

「申し訳ありません、気分が優れず……お兄さまの肩をお借りしていました。もう平気です」

当たり障りのない言い訳を述べてお兄さまから離れようとしたが、腰に回された彼の手が緩むことはなかった。それどころか、離れることを咎(とが)めるようなまなざしに射すくめられてしまう。

「無理をしてはいけないよ、フィーネ。……ユリス侯爵令嬢、申し訳ありませんが、またの機会に――」

「――あら、フィーネさまは大丈夫と仰ってますし……いくら愛らしい妹君とはいえ、あまり束縛しすぎるのもよくありませんわよ？　それよりノアさま、退屈な神官の剣舞なんか見ていないで、あちらでお話ししませんこと？」

そう言い終わるや否や、ユリス侯爵令嬢は横目で私を捉えた。お兄さまに向けるまなざしとは打って変わって、邪魔者を見るような目だ。

「ねえ、フィーネさま。フィーネさまだって、お兄さま以外の殿方と踊ってみたいでしょう？　今日はすてきな方が勢揃い（せいぞろ）していますし――血を吸いたくなるようないい獲物もいるかもしれませんわ」

深紅の双眸（そうぼう）が、一瞬だけ獣のように光る。

基本的に、髪の色が銀に、瞳の色が深紅に近ければ近いほど、吸血鬼の形質が強い。白金の髪を持つ彼女もまた、お兄さまと同様に吸血鬼らしい吸血鬼だった。

反面、私は薄紅色の髪を持つ、中途半端な存在だ。家族と並ぶだけでも、いつも肩身の狭い思いをしていた。

その劣等感を、彼女も知っているのだろう。ユリス侯爵令嬢は赤く塗った唇を歪めると、わざとらしく笑いながら眉を下げた。

「ああ、ごめんなさい、フィーネさま……。フィーネさまは、あまり血がお好きでないのでしたね。『目覚めの食事』も、いつも苦労なさっているとか――」

「――ユリス侯爵令嬢、わかりました。あちらで話をしましょう。……だからこれ以上フィーネに話しかけないでください」

「っ……」

　誘いに応じたとはいえ、お兄さまの声は冷えきっていた。

　深紅の左目が、睨みつけるような鋭さでユリス侯爵令嬢を射抜く。そばで見ている私まで、ぞっとするような冷徹さだった。

「フィーネ、話が終わるまで休憩室で休んでおいで。……屋敷に戻ったらふたりきりで過ごそうね」

　打って変わってとろけるような甘い声でそう告げると、ゆっくりと私の左手を掲げ、薬指にくちづけた。じわり、と焼けつくような熱が伝わってくる。

　ユリス侯爵令嬢は、お兄さまの背後で睨みつけるように私を見ていた。

　それは、恋慕うひとの妹を見る目ではない。明らかに恋敵を見る目だった。

　妹のくせに。どうあっても、彼とは結ばれない存在のくせに。

　そう、視線で語りかけられているように思うのは、私の考えすぎなのだろうか。

　お兄さまにくちづけられた薬指を守るように、そっと右手で握りしめ、ユリス侯爵令嬢の鋭いまなざしと、お兄さまに囚われて疼く心の揺れに耐えた。

ふたりの後ろ姿を見送ったあと、睫毛を伏せてそっと薬指にくちづける。なんだか今にも泣いてしまいそうな気持ちだ。

じわりと熱くなる目頭を拭いながら、踵を返す。

目指すはお兄さまに言われた通り、令嬢たちが足を休める休憩室だ。まだ一曲も踊っていないのに休憩というのも変な話だが、気にしていられない。

だが、涙をこらえながら歩き始めた矢先に、誰かにぶつかってしまった。俯いていた私のせいだ。

「ごめんなさい、ちゃんと前を見ていなくて――」

顔を上げながら謝罪の言葉を口にしたが、最後まで紡ぐことはできなかった。

ひゅ、と息が凍りつく。全身の肌が粟立つような寒気を覚えた。

「こちらこそ、申し訳ありません。お怪我はありませんか？」

非の打ちどころのない礼儀正しさで、そのひとは私を気遣う言葉を述べた。

一見心配そうにこちらの顔を覗き込んでいるように見えるが、澄みきった空色の瞳は氷のように冷たい。浮かべた笑みも、張りついたようなつくりものの微笑みだった。

「あ……」

彼だ。

先ほど広間の中心で王女に剣舞を捧げていた、エイベル公爵家の令息、そのひとだ。

どうやらユリス侯爵令嬢とやりとりをしているうちに、剣舞は終了し、舞踏会が始まっていたらしい。

人混みの中、人々の視線を引き連れて、彼は私の前に立ちはだかっていた。

……深く関わるわけにはいかないわ。早く休憩室へ行かなくちゃ。

気のせいだと思いたいが、剣舞の最中に私を見て浮かべた残虐な笑みが頭から離れてくれない。そうでなくとも、代々神官長を輩出するような名家とは関わりたくないのに。

「……怪我はありません。大変失礼いたしました。それでは、これで――」

逃げるように身を縮めて彼の横を通り過ぎようとしたそのとき、大きな手にいとも容易く手首を摑まれてしまう。

「っ何をなさるのです」

彼を恐れているせいか、必要以上に警戒するような声が出てしまう。周囲の視線がますます集まるのを肌で感じた。

「申し訳ありません。煌びやかな社交界に慣れぬ無骨者ゆえ、美しい令嬢を引き止める術(すべ)を他に知らず」

眉を下げて申し訳なさそうな表情をしているが、空色の瞳は変わらず冷えきったままだ。心からの言葉でないことくらいは、ひと目でわかる。

「……お誘いしたいご令嬢がいるのなら、跪いて手にくちづけでもするとよろしいわ。

あなたなら、誰もお断りしないでしょう」

淡白な返事をして、無理やり手を振り解く。一刻も早く彼の目から逃れたかった。

「そうですか……わざわざ教えてくださるなんて、お優しいご令嬢だ」

そう告げるなり、彼は私の前に跪くと、恭しく手を取って微笑みを浮かべた。

長い外套が床に打ち広がって、裾に施された金の刺繍がよく見える。私たちとは無縁の、清廉な神殿の紋様が浮かび上がっていた。

「私はエイベル公爵家の嫡男、クラウスと申します。……どうか一曲お相手願えませんか、クロウ伯爵令嬢」

挑戦的な空色の瞳に射抜かれ、肩を震わせてたじろいでしまう。

……どうして、私の名を。会うのは今夜が初めてなのに。

ぞわりとした不気味さを覚え、肌が粟立つ。

その動揺を無理やり打ち消すかのように、周囲からわっと歓声が上がった。ベールに包まれた神殿育ちの公爵令息の色恋なんて、注目を集めないわけがない。

これだけの視線を集めて、逃げるように姿を消すのは至難の業だ。外堀を埋められた悔しさを覚えながら、唇を引き結んで彼を見下ろす。

……ああ、でも、なんて澄みきった色なのかしら。

恐ろしくて仕方がないのに、その瞳には見惚れずにいられない。それくらい、彼の瞳は強烈な印象を私に刻みつけていた。

「わかりました。……一曲だけなら」

大勢の前でこうして公言しておけば、彼もしつこく食い下がることはできまい。彼の手を取るしかないのなら、さっさと一曲だけ踊って離れればいい。

私の答えに、再び周囲がざわめいた。初めて私がお兄さま以外のひとと踊るせいもあるかもしれない。

クラウスは、私の答えを受けて勝ち誇ったように微笑むと、くすぐったくなるほど優しいくちづけを指先に落とした。

唇の熱が指先に触れた瞬間、一瞬だけ、眼裏を薄紅色の花びらが舞い落ちていった気がした。名前も知らない、あの美しい花だ。

クラウスは、私の指先に顔を寄せたまま、わずかに唇を歪める。

それは、先ほど剣舞の最中に見た、あの残虐な笑みとよく似ていた。

「――私にあなたと踊る栄誉を与えてくださったことを、心より女神に感謝いたします。クロウ伯爵令嬢――いえ、フィーネさま？」

祈りのような美辞麗句に、鋭い寒気が駆け抜けていく。

終わらない悪夢が始まるような、不吉な予感に身を震わせた。

クラウスは何やら話しながら私を広間の中心へエスコートし始めたが、緊張と不安に支配されているせいで話の内容はろくに頭に入ってこない。周囲からは、さぞかし愛想のない令嬢に見えていることだろう。

広間の中心で、彼と手を取りあいながら向かいあう。あれほど見惚れた空色の瞳を、直視することはできなかった。

俯き気味に視線を伏せ、踊りを一曲終わらせることだけに集中する。

「……あなたのお兄さまは、相当過保護なようですね、フィーネ嬢」

当たり障りのない世間話から、突然お兄さまの話題に切り替わり、はっと顔を上げた。

それを待っていたと言わんばかりに、澄みきった空色の視線に囚われてしまう。こちらからは目を逸らせないような、不思議な魅力があった。

「……ふたりきりの兄妹（きょうだい）ですもの。仲がいいのです」

音楽が始まる合図に合わせ、互いに礼をする。未だに周囲の注目を集めているらしく、遠慮のない視線が肌に刺さった。

「あなたのような麗しい令嬢が妹であれば、ノア殿の過保護っぷりにも頷けますね」

「……お上手ですこと」

「嫌だな、本気で褒めているんですよ。すくなくとも見目はこの上なく美しいと。……その白い肌の下に流れている血が何色なのかは知りませんが」

何の前触れもなく、耳もとで囁くように告げられたその言葉に、背筋が凍りつく。

動揺を隠すこともできずに、目を見開いてクラウスを見上げてしまった。

……いったい、どういうつもりで言ったの？

まるで私たちが人ではないと考えているようにもとれる発言に、心臓が暴れ出した。

背筋を、冷や汗が伝っていく。繋いだ手の震えを悟られないよう、指先に力を込めた。

「あなた方のような存在も、そんな風に怯えたりするんですね。――滑稽だな」

私の反応に満足したのか、彼は人好きのする端整な微笑みに残虐な色を浮かべた。

何か、何か話をしなければ。どうにかしてこの話題から気を逸らさなければ。

「……エイベル公爵令息は――」

「――クラウス、とお呼びください。フィーネ嬢」

いつのまにか爽やかな微笑みに戻っていたが、透き通る空色の瞳は獲物を捕らえるかのような鋭さだった。思わず息を呑みながらも、何とか問い直す。

「……クラウスさまは、なぜ私に声をかけてくださったのです？」

「それはもちろん、あなたがこの会場の誰よりも美しいご令嬢だからですよ」

他意があるのは明らかなのに、彼は滑らかに言ってのけた。

このひとは、嘘をつくことにためらいがないらしい。ますます危険な人物だ。

ときめきとは無縁の、命が危機にさらされる緊張感でいっそう脈が早まっていく。耳の奥でうるさいくらいに心臓が暴れていた。

お兄さまと踊り慣れたはずの曲が、異様に長く思える。針の上を踏みしめるような感覚で、ドレスを捌きながら足を動かした。

……早く、早く終わってちょうだい。

こういうときに、人間は「神」とやらに祈るのだろう。存在するかどうかもわからない夢幻に縋る気持ちなんて微塵も理解できないと思っていたが、初めてすこしだけ共感できるような気がした。

「……私がそんなに恐ろしいですか？　フィーネ嬢」

心を見透かすような澄みきった瞳で、クラウスは問う。

そんなの、答えは是に決まっているが、目いっぱい強がって小さく微笑み返した。必要以上に怪しまれるわけにはいかない。

「お兄さま以外の殿方と踊るのは初めてで……緊張してしまって」

ためらいがちに視線を伏せれば、うぶな令嬢に見えるだろうか。どうかこの手の震えを、初々しい高揚感からだと勘違いしてほしい。

「そうですか。そんな大切な機会をいただけて光栄です。でも、いちどきりではとても満足できそうにありません。……もう誰にも渡したくない。あなたの相手を務める栄誉も――その命も」

最後の言葉は、吐息を溶かし込むような囁き声だったが、私にははっきりと聞こえてしまった。

膝の力が抜けるかと思うほどの恐怖を覚えながらも、聞こえないふりをして、クラウスから視線を逸らした。

幸いにも、音楽はもうすぐ終わる。これでクラウスから離れられるはずだ。

「そっけないお方だ。こんなに言ってもまだ伝わりませんか」

優美な剣舞を舞っただけあって、彼の動きはとても滑らかだ。ごく自然な仕草で腰を引き寄せられ、距離を詰められてしまう。

「この曲が終わったら、ふたりきりになりませんか。フィーネ嬢」

「……嫌」

「そうつれないことを言わないで」

もう限界だ。辛うじて動かしていた足を止め、クラウスの胸に手を置いて距離を取る。

周りで踊り続ける貴族たちの視線が、ちらちらと向けられるのがわかった。

「……気分が優れないので、もう戻ります」

「そういうことなら、私がお送りいたしましょう。……こんな素晴らしい夜には、化け物も人に紛れて踊っているかもしれない。私が守って差し上げますよ」

これはもう、私の手には負えないかもしれない。叫ぶなり、泣き出すなりして、お兄さまに駆けつけてもらったほうが早そうだ。

世間体など気にしていられない。下手をすれば、命の危機だ。

そう決断するや否や、すう、と息を吸い込んだ。目いっぱいの声でお兄さまを呼ぶつもりで。

だが、声を出すより先に、クラウスに強引に抱きしめられてしまった。

「っ……！」

息が苦しくなるほどの力で捕らわれ、叫び声どころか情けない呻き声しか出ない。

どうにか彼の腕から逃れようともがいていると、吐息が触れる距離で耳もとに囁かれた。好青年らしい穏やかな声とは打って変わって、低く、憎悪のこもった暗い声で。

「――騒いだら、お前の一族の秘密をばらすぞ、吸血鬼フィーネ・クロウ」

その言葉だけで、心臓が凍りついた。

震えながら彼を見上げれば、愉悦のまじった残虐な笑みが向けられる。

どう見ても、獲物は私のほうだった。

「……お互い、人の熱に当てられてしまいましたね。すこし夜風に当たって涼みましょうか」

周囲の数人には聞こえるような爽やかな声で、クラウスは私の肩を抱いて歩き出した。

抗(あらが)える、訳がない。ここで下手な動きを見せれば、私の命どころかクロウ伯爵家の存続の危機だ。

……それだけは、絶対に駄目。お兄さまたちの身を危険に晒すわけにはいかないわ。

彼が何の目的で近づいてきたのか知らないが、ろくな理由ではないだろう。

人気のない暗がりのほうへ、クラウスは私を導いていく。気分はまるで処刑台に向かう魔女の心地のようだ。

……でも、絶対にただでは死なない。

クロウ伯爵家に害が及ぶことだけは、避けなければ。たとえこの身と引き換えにしてでも、絶対に。

初夏の冷たい夜風が肌を撫でる。

クラウスの瞳によく似た、息苦しいほどに透き通った風だった。

庭園をめぐる小川の水音にまじって、城から漏れ聞こえてくる音楽がかすかに鳴り響いている。夜の庭園は、広間の華やかさとは打って変わって、どこか幻想的に思えるほど静かな場所だった。

舞踏会が盛り上がりを見せる最中に、好き好んで庭を散歩する人は私たち以外にいないようだ。

青白い月が、庭園の芝生や花々を銀に染める。お兄さまの髪色によく似た、気高い色だった。

庭に出てからというもの、エスコートするように握られた指先はずっと震えていた。

……私を、どうするつもりなのかしら。

とぼければ、まだ誤魔化せるのだろうか。私の一歩先を進むクラウスの後ろ姿を見上げながら、ごくりと固唾を呑んだ。長い純白の外套が風に靡いている。

気づけば、庭園の端にある白塗りの東屋(あずまや)まで来てしまった。ここからはもう、舞踏会の音楽も聞こえない。怖いくらいに人の気配のしない場所だった。

「美しい夜だ。そう思いませんか、フィーネ嬢」

クラウスはようやく私から手を離して、東屋の柱に寄りかかった。

庭園の景色が望める開放的な造りなのに、彼がいるだけで檻(おり)の中に閉じ込められたような感覚を覚えるから不思議だ。

月明かりの下で見る彼の瞳は、生き物とは思えないほど澄みきった色をしていた。感情も熱も宿していないせいで、彫像を眺めているような気分になる。天の使いと言われれば納得できるほどに、冷たい神聖さを宿していた。

「あなた方は、夜のほうがお好きでしょう？　陽の光はその肌には障るのではありませんか？」

じりじりと、追い詰められていく気配がする。彼と一定の距離を保ったまま、何のことだかわからないと言わんばかりに小首を傾(かし)げた。

「たしかに……夜のほうが涼しくて好きですわ」

「白銀の髪をお持ちのノア殿は、よけいに夜がお好きなのでは？　――毎夜、ふたりきりでさぞ仲良くお過ごしになっているのでしょうね」

含みのある言葉に、ぴくりと肩を震わせる。

口調は丁寧だが、だんだんと言葉に毒がまじり始めていた。

「それで？　実際のところはどうなんですか。麗しのクロウ伯爵家兄妹は、世間で言うところのただならぬ関係なのでしょうか？」

嘲笑うような声に、不快感を隠しきれず彼をきつく睨みつけてしまう。

無礼にも程がある。初対面の令嬢に告げる台詞ではない。

だが、クラウスはすこしも気に留めていないようで、くつくつと笑いながら私の顎に手を伸ばし、無理やり上向かせた。先ほどまで人好きのする微笑みを浮かべていた人物とは思えないほど、嗜虐的な笑みを浮かべている。

「――へえ、そういう顔もするんだな。そろそろ本性を現したか？　吸血鬼」

同じ言葉をそっくりそのまま返したい。神聖な神官の服を纏ったままに、舌なめずりするように私を見下ろす彼は、恐ろしい獣のようだった。

「……下世話な男」

「言ってくれるじゃないか。俺はむしろ寛容な心で訊いたつもりなのに。人の世の倫理では許されずとも、お前たち吸血鬼の世界では許される関係かもしれない、と思って言ったまでなんだが――」

「先ほどから吸血鬼、吸血鬼と何をお伽話の存在を持ち出しているの――！」

その言葉を言い終えるか否かという瞬間、左腕にじゅう、と焼けつくような痛みが走った。

「……っ」

はっとして腕を見やれば、そこには手のひらほどの刃渡りの短剣が押し当てられていた。

刺さっているわけではなく、側面が触れているだけなのにずきずきと痛み、肌が赤く爛（ただ）れている。短剣の柄には、クラウスの外套の裾に施されているものと同じ神殿の紋様が彫り込まれていた。

「……いや！」

抵抗も虚（むな）しく、短剣を持っていないほうの手で左手を握り込まれ、いっそう深く刀身が押し当てられる。

あまりの激痛に全身から脂汗が浮き出た。涙目になりながら、クラウスを睨みつける。

「これはエイベル公爵家に伝わる対吸血鬼用の短剣なんだが……おかしいな？　普通の人間が触れるぶんには、ただの切れ味の悪い短剣なのに」

クラウスは嘲笑を浮かべながら、短剣をかざし、指先で短剣の側面をつまんでみせた。

私の左腕には火傷のような痕が残っているのに、彼が触っても何の変化も起こらない。

痛みを我慢しているようにも見えなかった。

ずきずきと、短剣を押し当てられた部分が痛む。痛みに無縁の生活を送ってきたせいで、これだけでも倒れてしまいそうなほどに衝撃を受けていた。

逃げ出してしまいたい。逃げて、今すぐお兄さまに守ってもらいたい。

けれど、先ほどクラウスに告げられた言葉が枷になって足が動かなかった。

――騒いだら、お前の一族の秘密をばらすぞ、吸血鬼フィーネ・クロウ。

彼に秘密を握られている以上、逃げ出すわけにはいかない。

私が、ここで彼を黙らせなければ。

たとえ、古の吸血鬼たちと同じ愚行を繰り返すことになろうとも。

心の中で暗い決意を固めるや否や、狙いを定めるように彼を見上げ、飛びつくようにして彼の首に手を伸ばした。

そのまま思い切り口を開け、短い牙をあらわにする。外套から覗く首筋に向けて、ためらいなく歯を突き立てた。

だが、牙の先がほんのすこし皮膚に沈んだ瞬間、東屋の長椅子の上に押し倒されるようにして引き剝がされてしまう。力勝負では、敵うはずもなかった。

「これだから野蛮な化け物は……すぐ傷つけて黙らせようとする」

私の身動きを封じるように馬乗りになった彼は、呆れたように溜息をつく。

首筋にはわずかな嚙み傷ができただけで、彼はまるで動揺していないようだった。その手にはやはり、短剣が握られたままだ。

悔しさに思わず唇を引き結べば、歯の先についていたらしい彼の血が口の中に広がった。嫌いな血の味だ、と顔をしかめようとしたが、舌の上に染みわたっていく味にはっとする。

……え？ どうして、おいしいの？

甘く、優しい味わいに、動揺が隠しきれない。今までいちどだって、人の血をおいしいと思ったことはなかったのに。

だが、その戸惑いも長くは続かなかった。彼が、短剣を振り上げているのが視界に入ったからだ。

……ここで、殺されるの？ いや、お兄さま、お兄さま……！

心の中でお兄さまを呼びながら、ぎゅっと目を瞑る。

ひゅ、と短剣が風を切る音が聞こえた。

「……このまま死ぬのは嫌だろう？ フィーネ・クロウ」

それは、まるで悪魔の囁きのような甘い声だった。

恐る恐るまぶたを開けば、短剣は私の顔のすぐ横に突き刺さっていた。絡めとるような彼の瞳が、すぐそばに迫っている。

人間味がないほど清廉だと思っていた空色の瞳には、いつのまにか憎悪とも殺意ともとれる激しい色が浮かんでいた。

「取引をしよう、フィーネ・クロウ。この短剣で、お前の兄を殺せ。――白銀の君、吸血鬼の中の吸血鬼であるあいつをな。そうしたら、お前の命は見逃してやる。一族の秘密も黙っておいてやろう」

「……お兄さまを、殺す？」

「そうだ。それでお前も、お前の両親も守られる。悪くない話だろう？」

ぎちぎちと短剣が長椅子から引き抜かれ、彼は私によく見えるように刃先を月の光にかざした。お兄さまの髪の色によく似た銀色が、目に焼きつくように反射する。

……お兄さまを殺せば、見逃してもらえる？

そんな取引、迷う余地もなかった。

先程まで抱いていた恐怖が、すうっと引いていくのがわかる。

クラウスは、にやりと口角を上げて私を見下ろした。どこまでも意地の悪い笑みだ。

「ものわかりのいいやつは嫌いじゃない。何、お前なら寝台の上で簡単に隙をつけるはず――」

「——それなら……それならどうぞ、このまま私を殺してください」

「…………は？」

クラウスの纏う雰囲気が、氷のように冷えきっていく。

だが、覚悟を決めてしまえば不思議とそこまで恐ろしくない。

どこか凪いだ気持ちのまま、軽く首を傾けて月影に染められた庭園を見やった。

クラウスは私がお兄さまの命よりも自分の命を優先すると踏んでいたようだが、その読みは大外れだ。あいにく、お兄さまを犠牲にしてまで生き延びたいとは思わない。

クラウスの持ちかけた取引に乗らず、このまま私が殺されれば、真っ先に疑われるのは彼だ。私とクラウスがふたりで広間から抜け出すのを、大勢の人々が目撃している。

私の死後に彼がクロウ伯爵家の秘密を暴露したとして、伯爵令嬢を殺した神官の妄言を誰が信じるだろう。たとえ疑いの目が向けられたとしても、すくなくとも、伯爵家が身を隠す時間は十分に稼げるはずだ。

……それに、案外これは悪くない終着点だわ。

私がいなくなったほうがたぶん、お兄さまは自由に生きられる。誰からも祝福される幸福の中で、未来に向かって歩いていける。

——笑って、フィーネ。……笑ってよ。

あの日から明確に歪み始めた私たちの関係がここで終わると思えば、寂しいような、名残惜しいような気がしてならなかったが、これでいいのだろう。

お兄さまの願い通り小さく微笑んで、ゆっくりと睫毛を伏せた。焼けつくように痛む左腕を上げ、薬指にそっとくちづける。

……お兄さま、ごめんなさい。

何度こうして、心の中で謝っただろう。

いちどだって、許されたと思ったことはない。この結末だって到底、彼は許してくれないはずだ。

……でも、これも私の贖罪なのだと、きっとわかってくださるわ。

愚かな「妹」を、嫌いになってくれたらいい。それが、私の最後の願いだった。

覚悟を決めて、クラウスが短剣を振り下ろす瞬間を待つ。

さらさらと庭園をめぐる水音が心地よかった。

「――化け物のくせに、人並みに誰かを愛する気持ちがあるとはな。……虫唾が走る」

鼻で笑いながら発せられたその声は、わずかに震えていた。私が思い通りの返事をしなかったことに苛立っているのだろう。

それなのに、いつまでたっても短剣を振り下ろす気配がない。

様子を窺うように、長椅子に寝そべったままゆっくりとまぶたを開いた。

すぐに、彼の空色のまなざしに囚われる。

変わらず澄みわたった色なのに、その瞳はどこか暗い。重苦しいほどの翳りに、私まで飲み込まれてしまいそうだ。

「そうか……命よりも、その歪んだ恋が大事だというのなら――」

クラウスはにやり、と笑うと、強引に私を抱き寄せ、その勢いのまま膝の上に座らせた。

まるで仲睦まじい恋人同士のような体勢に、彼の意図がわからず目を丸くしてしまう。

「取引内容を変更しようか、フィーネ・クロウ」

「……変更？」

この期に及んで何を、と問い返そうとしたが、彼は意味ありげな笑みを深めて私の目を射抜いた。

「お前は今夜から、俺の恋人で、婚約者だ」

「……え？」

今度は、私が呆気に取られる番だった。

人を殺そうとしておきながら、今度は何を言い出すのだろう。

「あいつを苦しめるには、お前にあいつを殺させるのがいちばんだと思っていたが、こっちのほうがよさそうだ。あいつがどれだけ願っても手に入れられない婚約者の座を、俺のものにしてやる。……そうして、思う存分苦しめたのち、初夜にお前を殺して、あいつのもとへ送りつけよう」

クラウスは新しい遊びを思いついた子どものようにはしゃいで、私を腕の中に閉じ込めた。

一見すれば甘い構図だが、仕草のひとつひとつが乱暴で決してときめきはしない。

「あなたと婚約なんて嫌」

きっぱりと断れば、クラウスは私の肩に頭を預けるように首を傾けて、私が先ほど噛みついた首筋を見せつけた。噛み痕を自らの指先で指し示しながら、意地の悪い笑みを見せる。

「クロウ伯爵家の秘密をばらされたくないんだろう？　吸血鬼のお嬢さま？」

「……っ」

一族の秘密を守るために差し出すものがお兄さまの命ではなく私の身に替わるとなると、彼の提案は無下にはできなかった。

……私が耐えるだけで、あの家を守れるのなら。

お兄さまにクラウスと恋仲であると認識されるのはたまらなく嫌だったが、お兄さまの命が狙われる羽目になるよりはずっといい。

……でも、このひとはどうしてここまでお兄さまにこだわるのかしら。

先ほどからの話を聞く限り、彼の狙いはクロウ伯爵家そのものというよりも、お兄さまひとりのような気がする。どうして、そこまでお兄さまに執着するのだろう。

「……あなたは、お兄さまと何か関係があるの？」

彼の瞳をまっすぐに見つめて問いかければ、わずかに翳りが濃くなったような気がした。それが、何よりの答えだろう。

「お前は知らなくていい」

それだけ告げて、彼は背後から私を抱きかかえると、指先を絡めるようにして私の左手を拘束した。

そのまま右手に握った短剣の切先で、薬指のつけねに線状の傷を描いていく。

「っ……」

鋭い痛みにびくりと肩を震わせれば、耳もとで彼が嘲笑うのがわかった。刃の触れた部分から、ぷくりと血が浮き出している。

「吸血鬼の血も赤いんだな」

くすくすと笑いながら、今度は自身の左手を掲げ、私と同じように短剣で薬指に線状の傷を描き始めた。

自身に傷をつけているにもかかわらず、すこしも痛がるそぶりを見せない。どうにも不気味な姿だった。

……痛くないの？　自分の体、なのに。

見ているこちらがあまりの痛々しさに思わず顔をしかめていると、彼は短剣を置き、再び私の左手をとって自身の左手と並べて見せた。

薬指の同じような位置に、赤い線状の傷が浮かび上がっている。

「おそろいだな。お前にくれてやる婚約指輪は、これで充分だろ」

……お兄さまがくちづけてくださるところなのに。

お兄さまはほぼ毎日欠かさず、左手の薬指にくちづけをくださるのだ。その指に、私もあとからくちづけるのが日課だった。

お兄さまと私を繋ぐ見えない鎖に無理やり刃を入れられたような気がして、落ち着かない気持ちになる。それは傷の痛み以上に、私を苦しめた。

「おとなしく婚約者として振る舞ったら、クロウ伯爵家の秘密は守ってやる。もちろん、この契約のことは他言無用だ。お前の愛(いと)しい兄にもな」

この男はどうも、私が自分のものになったとお兄さまに見せつけることで、お兄さまを苦しめたいらしい。ずいぶんまどろっこしいことをする。

だが、私と婚約しようと考えている以上、彼としても私の家が吸血鬼一族だと知られるわけにはいかないだろう。神殿の主とも言われる名家と吸血鬼一族が結ばれるはずもないのだから。

……私と彼の婚約関係が続いている間は、秘密は守られていると思ってもいいのかもしれないわね。

「……わかったわ。あなたの婚約者として振る舞う」

婚約者という立場は、彼を監視するという意味でも悪くない。

それに、彼の契約を一方的に受け入れておとなしく殺されるつもりもなかった。

……彼が私たちの脅威であるというのなら、彼の身体（からだ）じゅうの血と一緒に秘密を飲み込んでしまえばいいのだわ。

そうすれば、クロウ伯爵家には再び安寧の日々が訪れる。

彼に背を向けているのをいいことに、軽く舌なめずりをした。

彼が先ほど自分で自分の薬指を傷つけてから、いい匂いがしてたまらないのだ。この男の血なら、いくらでも飲み干せてしまいそうな気がする。

「契約成立だな」

文字通り刻みつけられた薬指の契約の証が、ずきずきと疼く。

お兄さまには、決して見せられない傷だ。赦（ゆる）しを請うように、そっと睫毛を伏せた。

「あなたって……死神みたいな神官さまね」

彼に狩られる前に、私が秘密を飲み込んでみせる。

刻みつけられた「婚約指輪」を眺めながら、およそ婚約者に向けるにはふさわしくない憎悪と殺意を、心の中に燃え上がらせた。

第二章　見えない鎖

「今日はね、あなたに贈りものがあるの」

透ける薄布で覆われた視界の中、少女はどこかもじもじと身を捩らせる。小さな手は、何かを隠すように背後に回されていた。

尊い彼女を直接目に映すことは、忌まわしい俺には許されていなかった。彼女の前に出るときは、常に黒い薄布で顔を覆わなければならない。

翳る視界はわずらわしかったが、それでも不思議と、彼女の長い髪は鮮やかに見えた。薄暗がりの世界の中で、彼女だけが色彩を帯びている。彼女はいつも影の中にいるのに、ひだまりの下にある何よりも輝かしく思えてならなかった。

「私が、自分で選んだのよ。気に入ってくれるといいのだけれど……」

ためらいがちに微笑んで、彼女は後ろ手に隠していたものを俺に差し出した。幼い彼女の両手に収まるほどの、白い小箱だ。不恰好に結ばれた薄紅色のリボンは、彼女が手ずから結んだのだろう。

「お誕生日、おめでとう。あなたにとって、すてきな一年になりますように」

祈りのような祝福をくすぐったく思いながら、ゆっくりと小箱を開ける。中からは、銀に光るロケットが現れた。

──親愛なるクラウスへ。

裏面に刻まれた刻印を見て、じわりと胸が温かくなる。彼女とふたりきりのときにだけ呼ばれる、特別な名前だった。

「中にはね、一際美しい花びらを入れておいたわ。あなたはあの花が、好きかと思って」

すこし照れたように笑って、彼女はそっと包み込むように俺の手に触れた。温かくて、むず痒いような感触だ。

……俺の誕生日を、祝ってくれるなんて。

俺を個として扱うのは、彼女だけだ。本来なら手にしてはいけない幸福を噛みしめるように、ふ、と頬が緩む。

「今、笑った？　お顔を見せて！」

白く小さな手が、顔にかけられた薄布に伸びる。

「……っ」

その瞬間、視界いっぱいに彼女の笑顔が飛び込んできた。かっと頬が熱くなる。

「わあ……あなたの目、とってもきれい！」

彼女は見惚れるように目を細め、無邪気にはしゃいでいた。尊い彼女を直接見るのは許されていないのに、その笑顔から目が離せなくなる。

「ふふ、こうしていると、あなたは私の花嫁さんみたいね」

彼女は俺の顔を覆っていた薄布をめくり上げたまま、笑った。

おそらく、花嫁が纏うベールを連想したのだろう。

……馬鹿だな、逆だろ。

男の俺には一生縁がないと思っていたたとえだっただけに、思わず小さく噴き出すように笑ってしまった。

「あなたって、そんなふうに笑うのね。すてき」

少女は恥ずかしげもなく褒めちぎると、きらきらと目を輝かせて続けた。

「ねえ、これからは、ふたりきりのときにはこの布を外してちょうだい。あなたのお顔を見て話がしたいわ」

彼女は無邪気にそう願った。国で定められた歪んだ風習のことなんて、すこしも気にしていないのだろう。

以来、俺はその願いを受け入れて、彼女とふたりきりのときだけ、顔を覆う薄布を外すようになった。

遮るもののない視界の中で見る彼女は、いっそう色鮮やかに見えた。

檻のようだと思っていた重厚な城も、いつからか嫌いではなくなっていた。

彼女のそばでこの先もずっと、この城の中で生きていけるのなら、悪くない。そう思えるくらいには、俺は彼女に惹(ひ)かれ始めていたのに。

その城が、燃えている。

ふたりで思い出を作り上げた場所が、黒い灰に変わろうとしている。

「――っ」

あたりに見えるのは、城を喰(く)らい尽くす赤い炎ばかり。どこにも彼女の姿は見当たらなかった。

彼女の名前を叫びながら探し回っているうちに、もう声も枯れてしまった。立ち込める煙を吸ってしまったせいもあるかもしれない。

それでも、諦めるわけにはいかない。絶対に、彼女を助け出さなければ。

崩折れそうになる足に鞭打(むちう)って、ひたすらに走り続ける。

彼女が好んで過ごす場所はほとんど探し回ったつもりだが、もうひとつだけまだ探していないところがあった。王城の端に設置された温室だ。彼女はよくそこで、月影に光る花々を愛(め)でていた。

上着のポケットの中で、彼女にもらった銀のロケットがかちゃかちゃと揺れている。

これが手もとにあると意識するだけで、すこしだけ心を強く持てるような気がした。行手を塞ぐように燃え上がる炎にも、怯まずに足を動かし続ける。

……このまま帰り道がなくなってしまうとしても、彼女をひとりで死なせるよりはずっといい。

ひとりにはさせないと誓ったのだ。その約束を破るわけにはいかない。

ひとときも足を休めずに走り続け、やがて大きなガラス張りの温室にたどり着いた。

温室自体に火の手は回っていないようだが、温室を囲むように並ぶ木々が燃えている。

猶予はないが、もしもここにいてくれたなら、まだ助けられる。意気込んで、ガラス張りの扉を打ち破った。

転がるように飛び込んだ先、むせ返るように甘く香る花々の中に、彼女はいた。

彼女に影のように付き従う、美しい銀の騎士とともに。

ふわり、と血が香る。ぴちゃぴちゃと、獣が生き血を啜るような音が聞こえていた。

「なん、で……お前が……？」

最愛の彼女は、騎士の腕の中でぐったりとして動かなくなっていた。

細く白い首を差し出すように仰け反らせ、首筋から夥しい血を滴らせて。

いつもは薔薇色に染まっている頬が、人形のように青白くなっていた。

騎士は、ぴくりとも動かない彼女の首筋に顔を埋め、赤い血を貪り続けている。

深紅の瞳を輝かせ、愉悦の笑みすら浮かべるその姿は、まさに化け物だ。

「よくも……よくも、彼女を——！」

その叫び声は、勢いを増した炎の音によってかき消されてしまった。騎士にはきっと、俺の声などすこしも届いていなかっただろう。

炎が温室を取り囲んで、ふたりの姿を覆い隠していく。二度と彼女を取り返せない予感に体を震わせながら、それでも炎に向かって腕を突き出した。

「返して、くれ……!!」

縋りつくように手を伸ばし、はっと目を覚ます。

ああ、また、夢だったのだ。彼女を助けられなかった、最悪な夜の夢。

呼吸を荒くしながら上体を起こし、寝台横の机に置いた銀のロケットを手繰り寄せる。肌身離さず持ち歩いているせいで、すっかり傷だらけになってしまった。

——親愛なるクラウスへ。

ロケットの裏側の刻印を、指先でそっとなぞる。自分にまつわることを何も覚えていない俺に、このロケットが名前を教えてくれた。

……初めての贈り物が、彼女の形見になってしまうなんて。

そのまま祈るようにロケットを額に当て、深く目を瞑った。しゃら、と銀の鎖が滑り落ちる。

「もうすぐ……もうすぐ、仇を討つからな」

名前も顔も思い出せない、最愛のひとに祈りを捧げる。どうせなら、このロケットに彼女の名前も刻印しておいてくれたらよかったのに。

俺が覚えていることは、最愛を失った夜と彼女を奪った吸血鬼のことだけだ。

すべてが燃え落ちた日も、見知らぬ吸血鬼たちに虐げられていた日々も、それだけは忘れたことはなかった。彼女への愛おしさと同じくらい、復讐心に身を焼かれている。

……俺は、絶対にお前を許さない。ノア・クロウ。

大切なひとを目の前で奪われる苦しみを、思い知ればいいのだ。

そのためならば、滑稽な婚約劇でもなんでも演じてやろう。

……必ず、あの夜を後悔させてやる。

よりにもよって俺の目の前で、最愛を喰らった白銀の吸血鬼。

神殿の言い伝えでは、吸血鬼の王ともいうべき銀髪と深紅の瞳を持つ者は、いつでもたったひとりしかいないと言われている。吸血鬼が栄えていたころは「白銀の君」と呼ばれて崇められていたそうだ。

その決定的な特徴を頼りに、長い間最愛を奪った仇を探していたが、ようやく、銀髪に深紅の瞳を持つノアを見つけることができた。

あとは、復讐を始めるだけだ。

最愛の命を、無惨にも奪い去った化け物に、俺が味わった以上の絶望を刻みつけてやる。

……今度は俺が、お前の最愛を喰らう番だ。

考えるだけで嘲笑が込み上げてくる。久しぶりに気分がいい。

笑みを絶やさないままに、銀のロケットにくちづけて、失った最愛への想いを膨らませた。

「今に見ていろ。あの忌まわしい吸血鬼の顔を、思い切り歪ませてやる」

そうしていずれあの令嬢を殺し、あいつへの復讐を終えたら、そのときは――。

甘く仄暗い結末を思い描きながら、ロケットを開く。

中に入っているのは、萎(しお)れた薄紅色の花びらだ。名前も知らないが、とても美しい花だった。

数枚あるうちの一枚をつまみ上げ、そっと朝日にかざす。光に透けた薄紅色が、指先に散って綺麗だった。

……あいつの髪と、同じ色。

ふと、「婚約者」となった吸血鬼の令嬢を思い出す。

吸血鬼とは思えないほど儚(はかな)げで、この花と同じ色の髪を持つ美しい少女の姿を。どこか憂いを帯びたようなあやめ色の瞳が印象的で、不思議と庇護欲をそそられた。

そのくせきちんと吸血できる牙を持っているのだから、危険な女だ。儚げな美しさで男を惑わせて、食らいつく算段なのだろう。魔性にもほどがある。

それにしても、最愛の彼女との唯一の結びつきのように感じている花なのに、よりにもよってあいつを思い出してしまうなんて。

……朝から苛立たせてくれる。

心の中で悪態をつきながら、花びらをロケットの中にしまい込む。気分を落ち着かせるべくもういちどロケットにくちづけて、呼吸を整えた。

ロケットを握りしめたまま、睨みつけるように窓の外を見やる。

最愛を奪った吸血鬼への復讐を、今、始めるのだ。

「……ぐっ」
咄嗟に口もとを手で覆うも、指の間から血が滴り落ちていく。私の血ではない。「目覚めの食事」に捧げられたローラの血だ。
舞踏会の日から一週間。再び「目覚めの食事」の朝がやってきた。案の定うまく飲めなかった私は、ネグリジェやシーツを汚してローラを困らせてしまっている。

あの夜、クラウスの血をおいしいと思ったのは、やはり勘違いだったのかもしれない。私は今日も、吸血鬼としてこんなにも落ちこぼれのままだ。

「お嬢さま……もうひと口、もうひと口ですから」

私の背中をさすりながら、ローラが励ましてくれる。その左手からは、私が噛みついたせいでだらだらと血がこぼれ落ちていた。

ぎゅう、と黒いネグリジェを握りしめる。ローラへの申し訳なさと、一身に注がれる冷えきったまなざしを感じて、肩が震えた。

恐る恐る顔を上げれば、寝台からすこし離れた椅子に座ってこちらを見守るお兄さまの姿があった。

いつもならば「目覚めの食事」を手伝ってくれるのだが、今日は傍観を決め込んでいる。優しげに微笑んではいるが、私に対して思うところがあるようなのは確かだった。この三日ほど、ずっとそうなのだから。

三日前、クロウ伯爵家にエイベル公爵家から手紙が届いた。

明言は避けていたものの、明らかに求婚を匂わせる内容で、お兄さまの怒りを買うには十分だったようだ。問い詰められたわけではないが、お兄さまの纏う雰囲気がぐっと冷ややかになった。

私に怒っているのか、それとも求婚まがいの手紙を送りつけてきたクラウスに苛立っているのか、はっきりとはわからない。ただ、この話を歓迎していないことだけは確かだろう。

もやもやとした気持ちのまま、ローラの手首にもういちどかぶりつく。顔をしかめながらひと口ぶんを飲み込んで、ようやく「目覚めの食事」を終えた。

「お嬢さま……ご立派です。すぐにお着替えをいたしましょうね」

血を流したまま、ローラがぱっと声を明るくして褒めてくれる。清潔な白いエプロンが、彼女の血で赤く汚れていた。

ローラは早速私の着替えを用意するべく、一礼をしたのちに退室していった。

あとには私とお兄さまだけが残される。なんとも気まずい雰囲気が漂っていた。

「……今日は、あの神官がやってくる日だね」

お兄さまは噛みしめるように呟くと、椅子から立ち上がり、ゆっくりと私の前に歩みを進めた。長い指が、まだ結い上げていない薄紅色の髪を解きほぐしていく。

「大丈夫、僕が追い払ってあげるからね。フィーネが不安に思うことは何もないよ」

甘くとろけるような優しい声に、ずきり、と胸が痛む。

私は今日、クラウスの申し出を拒むつもりはないのだ。そういう契約なのだから。

何か言うべきなのに、言葉が見つからない。軽く開きかけた口をぐっと噤めば、ローラの血の味がした。

「神官ごときが、フィーネを娶ろうなんて馬鹿馬鹿しいにもほどがある。身のほどを思い知らせてやらないとね。……でも、フィーネ、君も、もうすこし自覚を持たなければならないよ」

お兄さまは私と並ぶように寝台の縁に腰掛けると、私の口もとについた血を手のひらで拭った。

「僕がいない間に他の男と――それも、神官と踊るなんて、二度としてはいけない」

それは、明白な叱責の言葉だった。ますます言葉に詰まってしまう。

クラウスとこの先も踊るつもりであるどころか、求婚を受けようとしているだなんて、私からはとても説明できない。下手なことを言えば、お兄さまの前で契約の内容を洗いざらい吐き出してしまいそうな気がする。

「お兄さま……ごめんなさい」

それは、クラウスと踊ったことに対してではない。彼と契約を結ぶ決断をしたことについての謝罪だった。お兄さまはきっと、許してはくれないだろう。

「怒ってないよ。ただ、君が心配なだけなんだから」

お兄さまはにこりと微笑みながら、右の手のひらに付着した血をゆっくりと舐めとった。私の口もとから拭ったローラの血だ。

品のいい仕草ではないのに、お兄さまがするとぞっとするほどの色気にあふれて、見てはいけないものを見たような気持ちになる。思わず睫毛を震わせながら、視線を逸らした。

やはり、彼は吸血鬼の中の吸血鬼だ。当代の吸血鬼の中では、もっとも吸血鬼の形質が濃いと言われているだけのことはある。

それでも決して、バート一族以外から血をもらうようなことはしていない。誰かを無闇に傷つけたりなんてしない方だ。

……それなのに、どうしてクラウスはお兄さまを恨んでいるのかしら。

私たちの正体を見破ったのは神殿の主であるエイベル公爵家の血のおかげだったとしても、契約を持ちかけてまでお兄さまを苦しめようとしている理由はまるでわからない。聞いたところで、あのクラウスの態度ではまず教えてくれないであろうことは明白だった。

……お兄さまには、私の知らない顔があるということなのかしら。

あっても不思議はないが、あんな男の言葉でお兄さまのことを疑いたくなかった。心に立ち込め始めた疑念を慌てて打ち払って、そっと寝台から足を下ろす。

衣装部屋から、ちょうどローラが戻ってきたようだ。包帯の巻かれた手には、漆黒のドレスが抱えられている。公の行事がないときには、クロウ伯爵家は好んで黒を身に纏っていた。

「お嬢さま、どうぞこちらへ」

ローラに促されるがままに、姿見の前へ移動する。

「ねえ、フィーネ」

寝台から声をかけられ、半身で振り返る。吸血鬼らしい深紅の瞳は、私の左手を凝視していた。

「その手、どうしたの？」

はっとして、慌てて左手を後ろ手に隠す。

手首にはクラウスに短剣でつけられた火傷のような傷が、薬指には歪んだ「婚約指輪」の傷がついているため、包帯で隠しているのだ。

……薬指の傷痕を見られたら、お兄さまはどんなにお怒りになるかわからないわ。

クラウスはお兄さまに見せつけたかったのかもしれないが、思い通りになるわけにはいかない。お兄さまの怒りを一身に受けるのは、おそらく私のほうなのだから。

「この間の舞踏会で……ちょっと怪我をしてしまったのです」

「怪我？　……それって、あいつのせい？」

どくん、と心臓が跳ね上がる。心の奥を探るようなお兄さまのまなざしから、逃れたくて仕方がなかった。

「違います……東屋の長椅子がささくれていたから、それで……」

視線を伏せながら、左手を握り込む。寝台に腰掛けていたお兄さまが、ゆっくりとこちらに近づいてくるのがわかった。

「僕の知らないところで勝手に傷つくなんて、我慢ならないな。しかも、僕に報告せず隠そうとするなんて。……この一週間、いつ言ってくれるのかな、って……ずっと待っていたんだよ？」

お兄さまの冷たい手が、背後から首筋に回された。

恐る恐る、姿見越しに彼を見上げる。いつも通り優しく微笑んではいるが、あらわになっている左目には隠しようのない怒りがにじんでいた。

「お兄さま……ごめんなさい……。でも、醜い傷をお兄さまにお見せしたくなくて……」

震えながら苦し紛れの言い訳をする。

沈黙が何を意味するかわからず、一瞬一瞬がやけに長く感じられた。

首筋に添えられていた冷たい指が、そっと薄紅色の髪を梳く。その仕草ひとつひとつに怯えていると、頭のいちばん上に柔らかなくちづけが落とされた。

「可愛いことを言うね。……いいよ、その言葉に免じて、誤魔化されてあげる」

姿見の中のお兄さまは、愉悦を覚えたようにわずかに唇を歪ませていた。

私が傷を得た理由を隠していることなんてお見通しのようだが、どうやら見逃してもらえるらしい。

「食事はここに運ばせるから、今日はゆっくりおやすみ」

思いやりにあふれているが、来客を控えている相手に告げる言葉ではない。

不吉で美しい微笑みだけを残して、お兄さまは私の部屋をあとにした。

「お兄さま……」

ぎゅう、とネグリジェの胸もとを握りしめる。

今日はきっと、私たちのこの歪んだ関係の転換点になるだろう。

……でも、これでいい。これが、望ましいはずよ。

黒いレースのカーテン越しに、薄雲の立ち込める空を見据え、ひとり覚悟を決める。

薬指に刻まれた「婚約指輪」が、じくじくと疼くような気がした。

◇

部屋に運び込まれた朝食は、半分ほどしか食べられなかった。食後の紅茶をひと口、ふた口飲みながら、カーテンで覆われたままの窓をぼんやりと眺める。

「フィーネお嬢さま、今日も新しいご本を用意してございますよ」

左手首に包帯を巻いたローラが、細やかな装丁が施された分厚い本を持ってきてくれた。内容はわからない。いつも通り、お兄さまが用意してくださったものなのだろう。

本は好きだけれど、私はお兄さまに与えられた物語しか知らない。どれも面白く教養が深まるものばかりだが、繋がれた鎖を強く意識させられるのもまた事実だった。

「さあ、ごゆっくりお読みください。今、お茶を淹れ直して参りますね」

ローラは手際よく、私の目の前に新たなティーカップやお茶菓子を並べていく。用事のない日はこうして本を読んでいることが多いから、普段であれば何も違和感はないのだが、今日は話が別だ。

「……ローラ、お茶はいいわ。お客さまがいらっしゃるもの」

「いけません。『目覚めの食事』を終えたばかりなのですから、もうすこしおやすみになりませんと」

ローラは慈しみ深い笑みを浮かべて、ソファーに座る私の膝に薄手の黒い膝掛けを載せた。

……これは、お兄さまに何か言いつけられているわね。

用意された本は正直気になって仕方がないが、ここでじっとしているわけにもいかない。載せてもらったばかりの膝掛けをソファーに置き、窓際に歩み寄った。

薄手のレースカーテンをほんのすこしめくって外の様子を窺えば、黒塗りの門の向こうに見慣れぬ立派な馬車の姿が認められた。

クラウスが、訪ねてきたのだろう。私たちの契約が本格的に始まる気配を感じて、心臓が早鐘を打っていた。

「お嬢さま、そのように外を窺ってはいけません。曇り空とはいえ今は昼間です」

咎めるようなローラの言葉を聞き流して、くるりと踵を返す。

彼が来たのならば、出迎えにいかなければ。私が来ないことで契約を反故にしたと思われて、お兄さまに何かあったら事だ。

「お嬢さま！　どうか、お部屋でお過ごしになってください。相手は人間とはいえ神官。お嬢さまに、危険が及ばないとも限りません。神官たちが、かつて吸血鬼にどんな仕打ちをしたかお忘れではないでしょう？」

「……心配してくれてありがとう。でも、私行くわ。彼に、会わなくちゃいけないの」

ぎい、と廊下へ繋がる扉を開きながら、ローラを振り返る。私のやることなすことすべてに肯定的な態度を示す彼女なのに、今ばかりは理解できないと言わんばかりに私を見ていた。

……隠しごとをしてしまって、ごめんなさい、ローラ。

大切な幼馴染である彼女に心の中で謝罪をして、廊下に躍り出た。

階下の玄関広間から、話し声が聞こえてくる。

静謐（せいひつ）なお兄さまの声と、爽やかな青年の声——今となっては明らかにつくりものの穏やかさだとわかるが——だった。

「——あいにくですが、フィーネは体調を崩しています。今日のところはお引き取りを、エイベル公爵令息」

「それならなおのこと、顔を見るまで帰れません。彼女がひとりで苦しんでいるかもしれないと思うだけで……胸が張り裂けそうです」

……よくもまあ、そんなにも容易く嘘をつけること。

嬉々（きき）として私を殺そうとしていたのは、どこの誰だったか。

小さく溜息をついて、玄関広間へ繋がる広い階段をゆっくりと下り始めた。ローラが私を追いかけてきているらしく、背後でぱたぱたと足音が響いていたが、立ち止まることはしなかった。

黒塗りの手すりに手を乗せ、漆黒のドレスの裾をつまみながら一段一段下りていく。つま先に真珠の飾りがついた黒い靴が、こつこつと音を立てていた。

その靴音が彼らの耳にも届いたのだろう。

ふたりが振り返ったのは、私がちょうど階段の半分ほどを下りたときだった。

「フィーネ……」

「フィーネ！」

お兄さまとクラウスの声が重なる。

玄関扉を背にお兄さまと対峙(たいじ)していたクラウスは、私の姿を見るなり即座に駆け寄ってきた。誰からも好感を抱かれるような、輝かしい笑顔を浮かべて。

彼は階段を駆け上がると、私の腰に手を伸ばし、ふわりと抱き上げた。

その拍子に、彼が纏っていた純白の外套が靡く。裾に刺繍された神殿の紋章を、お兄さまに見せつけるかのように。

クラウスは私を高く抱き上げたまま、まっすぐにこちらを見上げて、晴れやかに笑った。澄みきった空色の瞳が、嬉しくてたまらないと言わんばかりに細められる。

「会いたかった……体調が優れないと聞いたが、大丈夫なのか？」

力強い右腕で私の体を支えながら、左手の指先を私の額に伸ばす。

壊れものに触れるような繊細な仕草に、妙に落ち着かない気持ちになった。一週間前の舞踏会の夜とは大違いだ。

……大した演技だわ。役者になれそう。

クラウスに抱き上げられた体勢のまま、そっと彼の左手に自らの手を重ねる。

私は彼ほどの演技はできないから、あまり下手なことは言わないほうがいいだろう。

「……平気よ。会いにきてくれて、ありがとう」

ゆったりと瞬きをして、クラウスを見つめる。

だが、その実は彼の背後でこちらを見上げるお兄さまに意識が向いていた。

……お兄さま、私は、あなたの命と伯爵家を守るために、あなたの心を傷つけると決めました。

クラウスの濡羽色の髪にそっと触れて、そのまま頭を抱き寄せる。思ったよりも柔らかな毛先が、頬に当たってくすぐったかった。

私たちとは決して相容れない存在なのに、こうして触れあってみれば、彼はとても温かかった。あのいい匂いのする血が、身体じゅうをめぐっている証だろう。

クラウスの頭を抱きしめたまま、玄関広間から私たちを見上げるお兄さまに視線を送った。

吸血鬼らしい深紅の左目には、激しい憎悪の炎が宿っている。

身を焼き焦がすようなその熱に、ぞわりと肩を震わせた。

いちばん怒らせてはいけないひとを、怒らせてしまった。覚悟していたこととはいえ、いざその激情を目の前にすると怖くて仕方がない。

……でも、決めたもの。お兄さまと、伯爵家を守ると。

この決意を現実のものとするためならば、なんだってしてみせよう。暗い決意を胸に、再びクラウスに意識を戻した。

慈しむように、指先でクラウスの頬を撫でる。視線が重なったのを確認して、ゆったりと微笑みかけた。

「っ……」

彼の意を汲んで、微笑みあう恋人同士を演じるつもりでいたのに、クラウスはふい、と顔を背けてしまった。

仕方がないので、差し出されるかのように目前に迫った彼の頰に、ちゅ、と音を立ててくちづけた。

「な……っ」

戸惑うように、澄んだ空色の瞳がこちらに向けられる。

自分で自分を傷つけたときには平然としていたくせに、これくらいで動揺するのか。

……変なひとだわ。

思わずくすり、と笑みをこぼしてクラウスの顔を覗き見れば、彼はどこか苛立たしげに眉をひそめた。もう、私と目を合わせる気はないらしい。

「あらあら、仲のいい恋人たちだこと」

玄関広間から、くすくすと軽やかに笑うお母さまの声が響く。

いつのまにか、お兄さまだけでなくお父さまとお母さまも揃っていた。

演技とはいえ、今のやりとりを見られてしまったのは気恥ずかしくてならない。

「こちらへ下りていらっしゃい。色々と話を聞きたいわ」

お母さまはにこりと微笑んで、私たちを呼び寄せた。お父さまはお母さまの隣で気難しい顔をしている。

「はい、今参ります」

クラウスは礼儀正しく返事をして、私を抱き上げたまま階段を下り始めた。

すこしでも恋人らしく見えるように、と彼の首の後ろに腕を回してしなだれかかる。

神官となんて触れあいたくもないはずなのに、彼の体温は不思議と私に馴染(なじ)んでいた。

「……話はわかりました。エイベル公爵令息が、フィーネとの婚約を望んでくださっていることを、大変光栄に思います」

クラウスの婚約打診を聞き終えたお父さまが、穏やかな物腰で口を開く。ひとりひとりの前に並べられたティーカップの中身は、クラウスのものだけが減っていた。

あのあと、お母さまの言葉に誘導されるようにして私たちは応接間に移動した。すぐに人数ぶんの紅茶が運び込まれ、焼き菓子も並べられたが、世間話もそこそこにクラウスが婚約の申し出を切り出したのだ。

いかにもな好青年ぶりを発揮して、熱烈に私を望む演技は見事だった。ともすれば、彼は本当に私と婚約したいのではないか、と錯覚してしまうほどに。

お父さまとお母さまの反応は、悪くはないが諸手(もろて)を挙げて歓迎する様子でもなかった。

それも当然だろう。本来、吸血鬼の婚姻は吸血鬼同士で行われるもの。その事情をクラウスの前では話せないから、曖昧に微笑んで受け流しているだけで、その心はまるきり反対だということはわかりきっていた。

互いの目的を考えれば、クラウスと本当に婚約に至れるかどうかは重要ではない。

むしろ私からしてみれば、お父さまとお母さまに猛烈に反対してもらったほうがいいのだ。いずれ秘密ごと彼の血を飲み干すつもりだとはいえ、できれば婚約なんてしたくない。

だが、続くお父さまの言葉は予想外なものだった。

「私たちとしては……フィーネが心から望んでいるならば、叶えてやりたいと思っております。お返事は、フィーネの気持ち次第です」

これには思わず、目を丸くしてお父さまを見つめてしまう。お父さまもお母さまも、ごく自然なことを受け入れるかのように穏やかだった。

……いい、の？　クラウスは、吸血鬼ではないのに。

ろくに「目覚めの食事」もできない落ちこぼれの私には、吸血鬼の原則を強いる必要もないということなのだろうか。

そう思うと、ずきりと胸が抉られるような気がした。

疎外感と劣等感に、胸がぎりぎりと締めつけられる。

「承知しました。フィーネ……どうかもういちど、君に求婚させてもらえないだろうか？」

彼は席を立って私の前に跪くと、恭しく私の左手をとった。

黒で統一された屋敷の中では、彼の纏う純白の外套はやけに浮いて見える。伯爵邸の中に限っては、異質な存在は彼のほうだった。

「フィーネ……あなたがいないと、俺はもうまともではいられない。どうか、この先あなたと一緒に生きることを許してくれませんか」

歯の浮くような台詞を並べ立て、彼は私の指先にくちづけた。くすぐったくなるほど、優しい仕草で。

だが、胸がずきずきと痛んでいるせいで、彼に触れられても大きく心が動くことはなかった。

……まさか、お兄さまの前で婚約が成立する流れになるなんて。

悔しさに身を震わせながらも、自分の本当の気持ちとは関係なく、答えるべき言葉は決まっていた。無理やり口角を上げて、こくりと頷いてみせる。

「……はい、よろこんで」

「っありがとう、フィーネ！」

感極まったといわんばかりに、クラウスは私に抱きついた。

私もおぼつかない手つきでそっと彼の背中に手を回し、抱擁を交わす。

こんなに密着しても、特段なんの感慨も覚えなかった。だが、契約のために演技を続けなければ、と無理やり幸せそうな笑みを取り繕う。

「よかった……よかったわね、フィーネ」

心から私の幸福を喜んでくれているようなお母さまの言葉に、ますます胸が締めつけられた。

家族を騙している罪悪感、私など人間と結婚してもいいと見放されている疎外感、そして最愛のお兄さまを決定的に裏切ってしまったという絶望に、心の中がぐちゃぐちゃだ。半ば自棄になって、クラウスに身を預ける。

気だるさを隠さずにゆっくりと瞬きをした先で、お兄さまと目が合った。

一見すれば無表情に思えるが、その瞳に宿った怒りは隠しきれていない。

薬指が、ずきりと痛む。

私たちを繋ぐ見えない鎖が、彼の怒りで激しく燃え上がっているような気がした。

簡単なお茶会を終え、日傘を差しながら軽く庭を散歩したあと、ようやくクラウスが帰る流れになった。時間にすれば大して長くないはずなのに、好きでもない相手と過ごすとこうも疲弊するものなのか。

日傘の下で、小さく溜息をつく。クラウスを見送る段になって、ようやく周囲の目が離れた。屋敷から門までのちょっとした距離ですらも、彼と並んで歩くと険しい山道のように思えるから不思議だ。

「傘」

隣を歩くクラウスが、冷えきった声で切り出す。周りの目がないのをいいことに、私に恋焦がれる好青年の演技はやめたらしい。

「曇りの日でも差すんだな。それだけ陽の光に弱いってことか」

「……ほんのすこしだけね」

弱みである私たちの特徴を、あまり彼に晒したくはない。背の高い彼の視線を遮るように、日傘の重みをわずかに肩に預けてくるくると回した。

「今度よく晴れた日に湖でも見に行こう」

「すてきなお誘いをどうもありがとう」

嫌味を織り込んで返せば、ふいに、日傘を持つ手に大きな手が重ねられた。そのまま黒い日傘を取り上げられてしまう。

……別に、曇りだからまだ平気だもの。

彼は、私を傷つけたくて仕方がないらしい。だがこんな些細(ささい)ないじわるにいちいち気を揉(も)んでいたら、この先やっていけないだろう。軽く俯いて、暇になった右手をぎゅっと握りしめた。

「次は、お前が俺の屋敷へ来い。婚約が成立した以上、お前を公爵家に紹介しないわけにもいかないからな」

ふたりの頭上に日傘をかざしながら、クラウスは意地悪く笑う。

「祈りに満ちた屋敷だから、お前にとってはさぞ居心地が悪いだろう。お招きするのが楽しみだよ」

日傘の下で内緒話をするように、彼は毒を吐いた。

日陰を奪われなかったことに驚きつつも、いじわるな言動にはやはり辟易(へきえき)してしまう。

「……招待状がいつまでも届かないよう願っておくわ」

彼が作ってくれた影の中で、無感情に返事を返す。私とは反対に、クラウスはずいぶん上機嫌なようだった。

「お前を奪われて、あいつはずいぶん悔しそうだったな……」

ふいに、クラウスは私の顎に手を伸ばすと、舞踏会の夜のように無理やり上向かせた。

そのまま何かから私たちを覆い隠すように、日傘を傾ける。ぐっと距離が縮まり、彼の吐息が唇の先に触れた。

突然のことに目を丸くしていると、クラウスは傘の向こうに意識を傾けるように視線を流した。

「いいところに来てくれた。仕上げにこれで十分だろ」

囁くように告げたかと思うと、彼は日傘を再び頭上に戻して、そっと私に手渡した。

「……ここまで見送ってくれてありがとう、フィーネ」

私の頬にかかった薄紅色の髪を避けながら、彼は愛おしそうに目を細める。

一連の彼の動きの意味がまるでわからず、訝しむように見上げてしまった。

……どうして、突然演技を再開したの？

それが意味するところは、ひとつしかない。

はっとしてあたりを見回せば、私たちがたどってきた屋敷から続く道の途中に、銀髪の青年の姿があった。

曇り空とはいえ、昼間に外に出るなんて。

何よりも先に彼を案じる気持ちが込み上げたが、クラウスから手渡された日傘の重みに、ふと気がついた。

……まさか、お兄さまには、私たちがくちづけをしているように見えたのではないかしら。

クラウスは、先ほど傘を横に傾けていた。何かから隠れるようだと思ったその仕草は、お兄さまからの視線を遮るためだったのだろう。

思わず睨むようにクラウスを見上げてしまう。彼は穏やかな微笑みを崩すことなく、そっと私の耳もとに顔を寄せた。

「そう怒るなよ。本当にくちづけしなかっただけ良心的だろ」

言い返す気力もなく、冷めた目で彼を見返す。今日はもう、彼のために言葉を費やしたくなかった。

「それじゃあ……名残惜しいが今日はここで失礼する。すぐにまた会おう、フィーネ」

私の指先に儀礼的なくちづけを落とし、彼は門の向こうに止められた馬車へ向かって踵を返した。

ふわり、と純白の外套が舞う。日傘の持ち手をぎゅうと握りしめたまま、彼が乗り込んだ馬車が去っていくのを見守った。

……ようやく、帰ってくれた。

安堵にも似た溜息をつきながら、軽く睫毛を伏せる。

クラウスについて考えるだけで目眩がしそうだ。大きく息をつきながら、瞬きを繰り返す。

俯いた視界に、いつのまにか背後から薄い影が伸びていた。

すぐそばに、彼の気配を感じる。

「フィーネ」

咎めるような冷たく甘い声に、ぞわりと肌が粟立った。

夏だというのに、凍えるほどの寒気が背筋を抜けていく。

……まだ、休めそうにはないわね。

日傘の重みを肩に預けながら、ゆっくりと彼を振り返る。

曇り空のぬるい風に煽られた銀髪の隙間から、くすんだあやめ色の右目が私を責めるように見つめていた。


黒で埋め尽くされた屋敷の中を、お兄さまに手を掴まれながら歩く。

いつものように手を握るかたちではない。彼に手首を掴まれながら、連行されているとでも表現したほうがふさわしい構図だった。

普段は仲睦まじい私たちが、ただならぬ緊迫感と憂いを帯びて歩いているせいか、使用人たちの不安そうな視線がぐさぐさと肌に刺さる。

ろくな言葉もないままに、お兄さまに連れてこられた先は、彼の私室だった。

幼いころは何度か入ったことがあるけれど、このところはほとんど足を踏み入れたことがない。久しぶりのお兄さまの部屋は、相変わらず余計なものひとつ置いていないすっきりとした部屋だった。

お兄さまの部屋はいつだって、お兄さまの優しい香りと血の臭いがする。今朝もきっとこの部屋で、使用人の誰かから血を貰(もら)って飲んだのだろう。

その光景を想像するだけでも許されないことのような気がして、思わず俯いてしまう。どくどく、と心臓が大きく暴れるのを感じた。

吸血鬼の形質が濃いお兄さまは、私よりもずっと多くの血を飲まなければ体調を保てない。だから、お兄さま付きのバート一族の侍女は何人かいて、交代で血を差し出しているそうだ。

お兄さま付きの侍女は、皆、お兄さまに恋をしている。クロウ伯爵家に代々仕えてきたバート一族の者だから、決して職務をおろそかにはしない真面目な侍女たちだけれども、彼女たちがお兄さまを見つめる目には明らかに特別な熱が宿っていた。

お兄さまは無言で私をソファーに座らせると、向かいあうように床に膝をついた。彼は幼いころから、私と話をするときにはよくこうして私の顔を覗き込むように跪くのだ。膝の上で揃えた私の手を、お兄さまの大きな手が包み込むように握る。夏でも彼の手はひやりと冷たい。

重苦しい沈黙が、部屋の中を支配していた。

言葉の代わりに何かを伝えるかのように、お兄さまの長い指が私の手の甲をなぞっていく。その感触に、甘さを帯びた寒気が走っていくような気がして、思わず俯くようにお兄さまから目を逸らしてしまった。

「……きちんと説明してくれ、フィーネ。一から、ちゃんと」

数十秒の沈黙のあとに、お兄さまはそう切り出した。

あれほど翳った表情をなさっていたのに、限りなく普段通りに近い話し方ができるのは、お兄さまの強靭な理性が故に為せる業なのだろう。

何を、なんて聞かなくてもわかっている。お兄さまは、私とクラウスの婚約について問うておられるのだ。

「お話しするほどのことは、何も。ただ、あの舞踏会の夜にふたりで踊って……ひと目で恋に落ちてしまった。……それだけのことです」

「ひと目で恋？　フィーネ……それはきっと違うよ。初めて僕以外と踊ったから、珍しく感じただけだ」

お兄さまの声は、小さく笑うように震えていた。お兄さまらしくない、どこか弱々しい笑みだ。

ひと目惚れなんて、私だって信じていない。お兄さまが疑うのももっともだった。

だが、クラウスとの契約がある以上、引き下がるわけにはいかないのだ。

……ごめんなさい、お兄さま。

ぐ、と覚悟を決め、指を絡ませるようにして握り込まれたお兄さまの手を、静かに振り払う。

「……いいえ、これは恋ですわ、お兄さま。私、彼に惹かれてやまないのです。こんな気持ちは、生まれて初めて知りました」

先ほどクラウスが私との婚約打診をしていたときにつらつらと述べていた、歯の浮くような台詞を参考にして、心にもないことを口にする。

「恋……？　惹かれてやまない……？」

お兄さまはわずかに顔を上げたかと思うと、闇が溶け込んだような翳りのある瞳で私を射抜いた。これには思わず、びくりと肩を震わせてしまう。

「……あいつに何かされた？　何か弱みでも握られているの、フィーネ」

お兄さまは、時折私の頭の中まで見透かしているのではないかと思うくらい、鋭い指摘をなさる。それはお兄さまが吸血鬼としての能力に優れているが故のことなのかはわからないが、心の奥の奥まで見通すような深紅の瞳が怖くて仕方がなかった。

「弱みなんて……。私たちはただ惹かれあっているだけですのよ、お兄さま」

「……僕にだけは本当のことを言ってくれ、フィーネ」

縋るようなお兄さまのまなざしに、思わず何もかも打ち明けたい衝動に駆られたが、それでは元も子もない。

あまりにも突然の契約ではあったが、これは、お兄さまを私から解放するまたとない好機でもあるのだ。この機会を逃したら、私たちはおそらく一生、互いに互いを縛りつけあいながら生きていくことになる。

それだけは、どうしても嫌だった。

……お兄さまには、ユリス侯爵令嬢のような、誰からも祝福されるお相手がもういるのだもの。

傷の残る左手の薬指をぎゅっと握り込む。

焼けつくように私たちを縛りつける見えない鎖を、断ち切るときが来たのかもしれない。

無理やり口角を上げて、お兄さまに微笑みかける。彼のまなざしの暗さは、部屋にやってきてから何も変わっていなかった。

「先ほどから本当のことだけを申し上げておりますわ、お兄さま。私、恋をしたのです。クラウスさまに、一生にいちどの恋を」

「一生にいちどの恋……？」

ぴり、と空気が張り詰める。あまりの重苦しい雰囲気に、全身の血がさっと引いていった。今の私の言葉は、どうやらお兄さまの逆鱗に触れてしまったらしい。

肩を震わせながらお兄さまの様子を窺えば、血のような深紅の瞳には、息を呑むほどの激しい熱が宿っていた。

憎悪と、ともすれば殺意すら見受けられそうなあまりに深い翳りに、彼の「贄」になってしまったかのような錯覚に陥る。そんな目で見られたことは、今までいちどだってなかったのに。

「お兄、さま……」

言葉もなく立ち上がった彼に、恐る恐る呼びかける。

彼は返事の代わりに私の両肩に手を添えると、そのままソファーに押し倒した。

お兄さまにしてはあまりにも乱暴な所作に、思わず目を見開く。左右で色の違う両目が、逃がさないと言わんばかりに私を射抜いていた。

――やめて、お兄さま！　そんなことをしたら、お目目が見えなくなってしまうかもしれないわ！

――別にいいんだよ、僕の目なんて。これで、フィーネが笑ってくれるのなら。

もう七年も前の、お兄さまの右の瞳がくすんだあやめ色に変わってしまった日の記憶が、鮮やかに蘇る。

もともとは、綺麗な深紅の瞳だったのに。お兄さまの美しい瞳の色を、右目の視力を、私が、奪ってしまった。

お兄さまの右目は、私たちが互いに縛られている証だ。溺愛というには度が過ぎている、彼が私に向ける愛の証だった。

「一生にいちどの恋、か。……冗談じゃない。その言葉だけは、聞きたくなかった」

「お兄さま……？」

お兄さまは、激しい怒りをにじませながらも、どうしてか今にも泣き出しそうな表情をしていた。息を吞んで、彼の言葉の続きを待つ。

「……僕が、どんな想いで君のそばにいるのか……いちどでも考えたことはあるのかな、フィーネ」

自嘲気味に震えるお兄さまの声は、今にも崩れ落ちてしまいそうなほどに不安定だった。

「……どうあっても君は、僕から逃げ出そうとするんだね」

「逃げ出そう、だなんて――」

「――思っていないとでも？……そんな怯えた目で僕を見ているくせに」

歪んだ熱を帯びた瞳で、お兄さまは責めるように私を見下ろしていた。そのまなざしに、じわじわと心が焼かれていくようだ。

……お兄さまって、こんな恐ろしい表情もお持ちなのね。

こんな状況だが、クラウスがお兄さまのことを吸血鬼の中の吸血鬼と称していた本当の意味がわかった気がした。

普段は意識するようなものではないが、こうして真剣に話していると、お兄さまと私との間には、圧倒的な格の違いがある。同じ吸血鬼でも、私は、お兄さまの足もとにも及ばないような存在だった。

お兄さまなら、すこしその気になれば、私のことなんて簡単に殺してしまえるのだろう。恐らくは、お父さまやお母さまのことも。

「……お兄さまがなんと言おうと、私、クラウスさまとの婚約を諦める気はありません」

震える指先を悟られぬよう、なるべく毅然とした態度でお兄さまを見つめ返す。彼の瞳に宿った翳りは、すこしも薄れることはなかった。

「あいつと婚約することが、君の幸せだとでもいうの？」

「ええ、そうです」

お兄さまの問いかけにきっぱりと答えを返す。

お兄さまはいっそう翳りと憂いを深くして、ゆったりとした仕草で私の頬を撫でた。

「そんなおぞましいことを、僕の前で言いきってみせるとは……。君は本当に、僕の心を踏みにじる天才だね、フィーネ」

甘く、吐息を溶かし込むような声で紡がれたその言葉には、鋭い棘がいくつもあって、深く深く私の心を抉り取っていった。心の中で、生々しい血がぶわりとあふれ出す。

……私の心が流した血なら、お兄さまの渇きを潤せるのかしら。それなら、禁忌に触れないかしら。

お兄さまを守るために選んだ道なのに、胸が張り裂けるような気持ちだった。心がずきずきと痛んで仕方がない。

「……出ていってくれ」

明確な拒絶の言葉を受け、私はのろのろとソファーから起き上がった。

普段ならば、ちょっと立ち上がるだけでも手を差し出してくださるお兄さまなのに、今は私に見向きもしなかった。うなだれるように、ソファーにもたれかかったままだ。

……でも、これでいいのよ。これでお兄さまは、きっと、私から解放されるのだから。

そう自分に言い聞かせなければ、本当に泣いてしまいそうだった。

耳鳴りがする。私たちを結ぶ見えない鎖が、きりきりと耳障りな音を立てていた。

「……失礼いたします、お兄さま」

漆黒のドレスをつまみながら、扉の前で礼をする。

返事は、ついぞ返ってこなかった。

◇

婚約の顔合わせのために、エイベル公爵邸に招かれたのは、それから三日後のことだった。

神殿の主であるエイベル公爵邸を訪ねるなんて、気が重いにも程があるが、契約がある以上無視するわけにもいかない。

　よりにもよってその日は夏らしく晴れわたっていて、いつも以上に外出に気を使わなければならなかった。

　ローラに日傘を差し出されながら、ゆっくりと馬車から下りる。招かれたのは王都の外れにある別邸で、閑静な場所だった。絵に描いたような木々の緑と屋敷の白さが、青空によく映えて眩しい。神聖さよりも温かみを感じる風景に、身構えていた心がほんのすこしだけ緩むのがわかった。

　深藍色のドレスの裾を捌いて、公爵家の侍女に案内されるがまま屋敷の中へ歩みを進める。クラウスが待っているという応接間にたどりついたのは、約束の時間ちょうどのことだった。

「来たか。ご機嫌はいかがかな？　麗しい婚約者殿」

　クラウスは革張りのソファーに背を預けたまま、にやりと意地の悪い笑みを見せる。ローラは使用人用の控室へ行ってしまったから、ここには私とクラウスだけだ。

　クラウスは、今日は神官の外套を身につけていなかった。それでも彼の纏う雰囲気はどこか涼やかで、舞踏会で剣舞を舞っていたあの特別な神官だと言われて納得できるだけの神聖さがある。エイベル公爵家の令息というのも伊達(だて)ではない。

「……おかげさまで、家でも気が休まらない毎日よ」

思ったよりも沈んだ声が出てしまい、自分で自分に苛立った。クラウスの前で、あまり弱っている姿を見せたくないのに。

クラウスが私に求婚しに来たあの日から、お兄さまとは言葉を交わしていない。食事の席にも現れず、同じ屋敷にいるはずなのにろくに姿も見ずに過ごしている。

寂しい、と思うことも私には許されないような気がしていた。

お兄さまを守るための契約だとはいえ、お兄さまを傷つけたことは確かなのだから。私に裏切られたような気持ちにさえなっただろう。

「ノアの様子はどうだ?」

私を手招きながら、クラウスは愉悦のまじった声で問いかける。仕方なく彼の隣に腰掛け、軽く息をついた。

「……あんなに翳った顔をするお兄さまは初めて見たわ」

「それはいい。でも、思い詰めたあいつに殺されるような真似はしないでくれよ。お前はまだ使い道がある」

「お兄さまはそんなことしないわ」

クラウスの澄みきった空色の瞳を睨むように見つめ返せば、彼は小さく声を上げて笑った。明らかな嘲りのまじった笑みだ。

「お前はあいつのいちばんそばにいるのに、あいつのことを何も知らないんだな」

クラウスのひと言に、ずん、と心が重くなる。何も反論できない。

お兄さまとは特別親しいが、彼が私にすべてを打ち明けてくれていると思ったことはいちどもなかった。

彼はいつでも優しいけれど、何かを秘めているような気がする。私には決して踏み込ませない場所があるのをずっと感じていた。

それが、クラウスがお兄さまを恨む理由に繫がるのだろうか。そう思うと、居ても立ってても居られなくなる。

「お願い……私の知らないお兄さまを知っているのなら、教えて。クラウス」

隣に座る彼を縋るように見上げる。憎たらしくてならない相手だが、これればかりは真摯に頼み込むしかなかった。

澄みきった空色の瞳は、まっすぐに私を見ていた。

お兄さまのまなざしは私の心を暴こうとするものだけれども、彼のまなざしは心の善悪を見定めるような、ひどく静かなものだった。

たぶん、これが彼の本質なのだろうと直感する。初めて彼の姿を見たときに、思わず見惚れてしまった夏の風のような目こそが、彼の本当の姿を物語っている気がした。

けれども彼は、私の前で素を出す気にはなれないらしい。

静けさを打ち払い、人を小馬鹿にするような笑みを浮かべると、突然私を膝の上に抱き上げた。舞踏会の夜と同じく、まるで仲睦まじい恋人同士のような構図だ。

「お前の知らないあいつの姿か……。ここに、くちづけの痕を残して帰る気があるのなら、教えてやってもいい」

深藍色のドレスの襟ぐりから覗く首筋に、彼の指がなぞるように触れる。吸血鬼の首筋に噛みつこうとするなんて、彼くらいなものだろう。

「ふしだらな取引条件もあったものね」

彼はとことん、私を蔑ろにするつもりらしい。半ば呆れながら、自らの首に触れる。

「でも……いいわ。それで、私の知らないお兄さまの姿を教えてくれるのなら」

揺るぎない意志を示すように、再び彼の瞳を射抜く。

下世話な提案とは相容れないほど清廉な空色が、戸惑うように揺れるのがわかった。

空気が、わずかに張り詰める。何が気に障ったのか知らないが、彼が苛立っているのが伝わってきた。

「……あいつの何がよくてそんなに献身的になれるんだ？　理解に苦しむ」

「明確な理由なんてないわ。お兄さまはお兄さまだから好きなの。ひとを好きになるって、そんなものでしょう」

気にかけるきっかけはあるのかもしれないが、抱いた想いが愛に至るころには、理由なんてないも同然なのではないだろうか。すくなくとも、私はそう思っている。

「そうか……」

ふと、彼は私から視線を逸らしたかと思うと、とても遠くを見るような目をした。その横顔には、私の知らない感傷が宿っている。

「それは確かに……わかる気がする」

珍しく私に賛同する様子を見せたかと思えば、ごくわずかに頬を緩めた。

それは、初めて見る彼の柔らかな笑みだった。

……こんなふうに笑うこともできるなんて。

いつも意地の悪い笑みばかり見ていたせいか、その微笑みはやけに鮮やかに目に焼きついた。神官としての顔でも、契約者としての顔でもない、「クラウス」としての表情だ。

「あなたにも、大切なひとがいるのね」

「……いる。たったひとりの、俺の最愛だ」

私に言われているわけでもないのに、聞いているこちらが頬を熱くしてしまうほど真剣な言葉だった。

「……そんなに真剣に想っているひとがいるのに、私と婚約なんてしてしまっていいの？」

彼にも目的があるとはいえ、こんな契約を結んでしまってよかったのだろうか。

もちろん、彼からしてみれば私を初夜に始末するつもりなのだから、私との関係は一時的なものだと思っているのかもしれないが、クラウスの恋人からしてみれば面白くない話だろう。

「何も問題ない」

彼はわずかなためらいもなく、ばっさりと言いきった。

夏の風のような目に、確かな憂いをにじませて。

「――彼女はもう、この世のひとではないから」

「え……」

目を丸くしてクラウスを見つめる。あまりの衝撃に、言葉が見つからない。

同時に、応接間の扉を叩く音が響いた。使用人の誰かが、私たちを迎えにきたらしい。

「今行く」

彼は扉の向こうの誰かに告げると、私の腰を軽く持ち上げ、ソファーの上に下ろした。そのままソファーの背もたれにかけてあった上着を手に取ると、立ち上がって私を見下ろす。

「行くぞ。父にお前を紹介しなければならないからな」

「え、ええ……」

彼の告白に対する衝撃を引きずったまま、ふらりとソファーから立ち上がる。

上着を整えながら俯く彼の横顔には、憂いの名残がにじんだままだった。

侍女の先導で案内された先は、重厚な白い扉の前だった。扉には、神殿の紋様が彫り込まれ、金の塗料で着色されている。

扉が両開きに開かれると、開放感のある書斎が私たちを出迎えた。壁際に設置された棚いっぱいに本が並べられている。本を日焼けから守るためか、窓から入り込む日差しは直接当たらないように工夫されていた。私としても過ごしやすい場所であったことに、ほっと胸を撫で下ろす。

「クラウス、来たのか」

書斎の奥には、部屋の主人らしき白髪の男性が座っていた。

何か仕事をしていたのか、姿勢よく机に向かっている。厳しい顔立ちは、クラウスにはあまり似ていなかった。

……エイベル公爵、なのよね？

彼こそがエイベル公爵そのひとなのだと思うが、二十歳やそこらのクラウスのお父さまと考えると、すこし年配のようにも思えた。どちらかと言えば親子というよりも、祖父と孫、と言ったほうがしっくりくる。

「父上、この間お話しした令嬢を連れて参りました。クロウ伯爵家のフィーネ嬢です」

「お初にお目にかかります。フィーネ・クロウと申します」

執務机の前で、ドレスをつまんで礼をする。

一応は婚約者の親との初対面であるわけだが、初顔合わせにふさわしい緊張感や高揚感は微塵もわき起こらなかった。

「エイベル公爵家当主のアーサーです。クラウスが婚約者を連れてくると言い出したときには驚きましたが……こんな麗しい令嬢が我が家にやってくるとは」

公爵は微かに頬を緩め、私たちを見比べていた。深緑の瞳には、歓迎の色が見てとれる。初めて会ってからひと月もたたずに婚約するなんて、常識はずれだと非難されるかと思っていたが、公爵は私に好意的なようだった。

「クラウスがようやく人に興味を示したことを嬉しく思います。フィーネ嬢、どうか末長くそばにいてやってください」

「……はい」

再び膝を折って礼をしたのをいいことに、気のない返事を誤魔化した。

……あまり、公爵とは関わりたくないわ。

公爵はどうやら、クラウスをとても大切に想っているようだ。

クラウスがいなくなったら悲しむひとがいるのだと思うと、彼の血を飲み干すことに抵抗を覚えてしまう。こんな様子だから、私は吸血鬼として落ちこぼれのままなのだ。

「まずは三人でお茶でもいかがですか。さきほど侍女に焼き菓子を用意するよう伝えたのです」

公爵は執務机を離れ、続き部屋の扉を開けた。やはり壁の本棚いっぱいにあらゆる書物が並べられており、ちょっとした図書館のような部屋だった。

部屋の中心に設置されたテーブルの上には、色とりどりの花が生けられている。公爵が私を好意的に迎え入れようとしてくれていることが伝わってきた。

「……本がお好きなのですね」

何年かかっても読みきれないような本の山を見上げ、ほう、と溜息をつく。

陽の光に弱い特性上、幼いころから室内でできる娯楽に親しんできた。その主軸となっていたものは読書だから、これほどの本の山を前にすると心が躍ってしまう。

「私より、クラウスのほうがよほど読書家ですよ。ここにある書物はすべて読んでしまったのですから」

「すべて……？　本当に、本が好きなのね」

これに関しては素直に、クラウスに尊敬の念を抱いた。

じっとクラウスを見上げれば、彼はふい、と視線を逸らしてしまう。その横顔はどことなく気恥ずかしそうだ。

「……ひとりでできる遊びが好きだっただけだ。大したことない」

「それでも、こんなにたくさんの本を読み通すのはなかなかできることではないわ。私の知らない物語もあるかしら……」

私が知っている本は、ほとんどお兄さまが用意してくださったものばかりだ。こんなにたくさんの本の山の中から、読みたい一冊を見つけ出すという行為はしたことがない。

「フィーネ嬢も本がお好きなのですね。クラウスと趣味が合うようで何よりです」

公爵は穏やかに微笑むと、私たちに席に着くよう促した。まもなくして、ふたりの侍女がお茶と焼き菓子をテーブルに並べ、音もなく去っていく。

ふわり、と鼻腔(びこう)をくすぐる香りにはっとする。

奇遇にも、クロウ伯爵家で飲んでいるものと同じ茶葉が使われているようだった。

だがこの茶葉は、王国レヴァインで主流のものではない。高級品であることには違いないが、癖もあるのでひとによっては嫌うことも珍しくなかった。

「フィーネ嬢は、この茶葉はお嫌いでしたかな？」

公爵の言葉に、紅茶の液面を見つめていた顔をはっと上げる。柑橘類(かんきつるい)にも似た独特の香りも好みが分かれる部分ではあるが、私は大好きだった。

「いえ……私のいちばん好きな茶葉だったものですから、驚いて」

「これはまたしても趣味が合う。クラウスも昔からこの茶葉を好んでいるのです。癖があるから子どもは嫌いだろうと思っていたのですが……あるとき私が飲んでいるのをひと口分け与えたときに、クラウスはふっと泣き出しましてね」

「泣いた……？　クラウスさまがですか？」

「父上、その話はいいでしょう」

クラウスは、珍しく戸惑いをあらわにして話を遮る。公爵は懐かしむように目を細め、続きを口にした。

「子どもなのに、声も上げずにただ、はらはらと泣いたのです。理由を尋ねても『懐かしい』と繰り返すばかりで……」

そこまで言って、ふっと、公爵の顔が曇る。クラウスも似たような反応を示し、明らかに空気が切り替わるのを感じた。

「……フィーネ嬢、あなたにはお話ししておきたいことがあります。お茶を飲み終わったら、ふたりで話す時間をもらえますか」

突然の申し出に、何度か瞬きを繰り返してしまう。思わず窺うようにクラウスを見つめたが、彼は半ば諦めた表情で紅茶を啜っていた。

「……わかりました」

戸惑いながらも頷き返せば、公爵の表情が再び和らいだ。

……いったい、なんのお話をされるのかしら。

どこか落ち着かない気持ちのまま、ティーカップを口に運ぶ。慣れ親しんだ紅茶の香りが、じわりと体に染み渡っていくようだった。

小さなお茶会を終えたのち、クラウスは本を片手に退室していった。

後には、私と公爵だけが残される。テーブルを挟んで向かいあう私たちの目の前には、紅茶のおかわりが注がれたティーカップが置かれていた。

「……どうして、クラウスさまに席を外していただいたのです？　彼に聞かれたくないお話なのでしょうか」

紅茶のおかわりには手をつけず、こちらから切り出す。今日が初対面だというのに、公爵とふたりきりで話さなければならない話題に見当が付かなかった。

「クラウスには、あまり何度も聞かせたくない話なのです。彼の、過去にまつわる話になりますから……」

穏やかな表情で紅茶を楽しんでいた公爵の顔が、わずかに翳る。

クロウ伯爵家の正体を知っていたことといい、私と契約を結んでまでお兄さまを苦しめようとしていることといい、クラウスにまつわる疑問は山ほどある。彼の過去の話を聞けば、何かがわかるのかもしれない。

だが、公爵の表情を見ている限りでは、どうも明るい話ではなさそうだ。

覚悟を決め、まっすぐに公爵の瞳を見つめる。公爵もまた、何かを決心したように揺るぎないまなざしで私を見ていた。

「……実は、クラウスは、私の養子なのです」

公爵の深緑の瞳が、どこか切なそうに揺らぐ。

あまりに衝撃的な告白に、思わず息を呑んだ。

……クラウスは、エイベル公爵家の血を継いでいないの？

大勢の神官の中で、一際清廉な雰囲気を纏っていた彼が、神殿の主であるエイベル公爵家の血筋ではないなんて。とてもじゃないが、すぐには信じられなかった。

だが、先ほど公爵とクラウスを見比べて、祖父と孫のようだと感じた自分の直感はそう外れてもいなかったのだと思い至る。歳の差といい、顔立ちといい、親子らしい部分のほうがすくなかった。

公爵はぽつりぽつりとクラウスの過去を語り出す。

「……クラウスと出会ったのは、この国と亡国メルヴィルの境にある廃教会でした。使われなくなった教会に、人の出入りがあるらしいと聞いて赴き、彼に出会ったのです」

「廃教会で……？」

そんな場所、子どもが立ち入るところではないだろうに。嫌な予感に胸がざわついていた。

「彼はそこで、血塗れで倒れていました。……銀の鎖に繋がれて、祭壇にくくりつけられていたのです。首筋や背中に夥しい切り傷があって……顔も床に打ちつけられていたようで、顔立ちの判別なんてできないほどに腫れていました。何か棘のあるものを口の中に押し込められていたのか、唇や舌もひどい有様で……」

「……っ」

思わず、ぐ、と息を呑む。

憎らしい相手の過去とはいえ、決して心地のいい話ではない。年端もいかない子どもが、そんな残酷な仕打ちを受ける謂れなんてないはずだ。

「……いったい誰が、そんなむごいことを」

「彼は『吸血鬼』に囚われていた、と言っていました。悪人どもがお伽話の化け物を持ち出して、彼を脅していたのでしょう。ひどい話です。まだ十二やそこらの子ども相手に……」

公爵は、くしゃりと顔を歪ませてテーブルの上に置いた手を握りしめた。

血の繋がらない息子とはいえ、クラウスの感じた痛みを思えば怒りを覚えずにいられないのだろう。それは、紛れもなく愛にあふれた親の姿だった。

……吸血鬼、ね。

公爵の言う通り、人間がお伽話の化け物を騙った可能性はあるのだろうが、クラウスの言動を見ている限り、おそらく彼を囚えていたのは本物の吸血鬼だったのだろう。

人の世に溶け込むために、秩序正しく生きている吸血鬼ばかりだと思っていたのに、この時代になっても陰で人間を虐げている者がいるなんて。とてもじゃないが許せない。

……クラウスがお兄さまにこだわっているのは、もしかして――。

認めたくない可能性に気づきかけて、無理やり思考から疑念を追い払う。テーブルの下で、ぎゅうとドレスを握りしめた。

「ぼろぼろになった彼を見捨てられず、私たちは彼を公爵邸に引き取りました。『クラウス』という名前以外に身元が明らかではない彼を、養子にするつもりはなかったのですが……面倒を見ているうちに情がわきましてね。気づけば、出て行こうとする彼を引き止めていました」

懐かしむように公爵は微笑んで、あたりの本を見上げた。

「廃教会での件が彼の心を苛(さいな)んでいたのか……彼は私たち以外と関わろうとしませんでした。ひとりでできる遊びや勉強に没頭し、深い祈りを捧げては魔を打ち払おうとしていたのです。その姿があまりに痛々しくて……公爵家に伝わる対吸血鬼用の短剣をお守りとして渡したこともありましたね」

クラウスは、私に出会うずっと前から吸血鬼を恐れていたのだ。

……私なんて、到底尊重されるはずもないのだわ。

彼の目に、私は化け物同然に映っているに違いない。

目的があるとはいえ、私をそばに置いているこの状況が信じられないほどだ。

「神殿で神官としての修行を積むようになってからはだいぶ安定しましたが……今でも時折悪夢にうなされているようです。体には、夥しい数の傷痕も残っています。この先、彼と夜をともにすることがあれば……どうか驚かないでそばにいてやってください。こんな早さで婚約を決めるほどあなたに惚れ込んでいるようだから、あなたがいればクラウスの悪夢も終わるかもしれない」

公爵の言葉に、なぜか弱々しい笑みがこぼれた。自嘲にも近い微笑みだ。

私は彼の悪夢を打ち払うどころか、彼を苛んだ吸血鬼と同じ化け物だ。

それだけではない。なんなら、寝首をかいて彼の血を飲み干そうとしている。クロウ伯爵家の秘密とともに。

……聞くんじゃなかった。こんな話を聞いたあとでは、決心が揺らいでしまう。

「私では……終わらせてあげられません。彼の、悪夢を」

俯いたまま、正直に答えてしまう。

クラウスを心から大切に想っている公爵の前で、あからさまな嘘をつけるほど冷酷になりきれなかった。

「たいそうな話に聞こえてしまったかもしれませんが……どうか自信を持っていただきたい。あの子が、私たち以外の誰かに触れているのを見たのは初めてなのです。あなたはそれだけ、あの子にとって特別な存在なのでしょう」

……いいえ、私は彼にとって、害でしかないわ。

私は決して、彼の特別なひとではない。彼の悪い夢を終わらせてあげられるわけでもない。

彼の暗い過去を聞いたあとだからか、その事実が妙に気にかかってならなかった。

せめて、彼が「最愛」と表したそのひとが、彼のそばにいてくれたらよかったのに。

そうすれば、彼の悪夢も終わったかもしれないのに。

日が傾きかけた窓の外を見やる。すっかりぬるくなった紅茶の香りが、まとわりつくように漂っていた。


「父上からは、俺が養子だという話でも聞いたのか？」

公爵とふたりきりで話し込んだあと、迎えにきたクラウスはなんてことないように尋ねた。

今は帰り間際に、庭園を散歩している最中だった。夕暮れなので、私も多少は楽に動き回ることができる。

「そう、ね。……それから、あなたと公爵が出会った経緯もお聞きしたわ」

吸血鬼に囚われ、虐げられていた、なんていう暗い過去を聞いたあとでは、彼の顔をうまく見られない。

何を言うべきか、と睫毛を伏せて逡巡していると、ふいにクラウスの手が私の頬に伸びた。はっと顔を上げると同時に、容赦なく頬をつねられる。

「……痛い」

じとっとした目で怒りを込めて呟けば、彼はふ、と頬を緩めた。相変わらず意地の悪い笑みだ。

「そのほうがいい。……吸血鬼であるお前に憐れまれるなんて、まっぴらごめんだ」

クラウスからしてみれば、その気持ちももっともだろう。吸血鬼である私に憐れまれるなんて、屈辱でしかないのかもしれない。

だが、この話についてはもうすこし踏み込まなければならないと考えていた。意を決して、クラウスと向かいあう。空を鮮やかな赤に染めた夕焼けが、私たちの影を長く伸ばしていた。

「ねえ、クラウス。ひとつだけ、聞いておきたいことがあるの」

クラウスの澄みきった空色の瞳が、私を静かに見下ろしていた。答えてくれるのかどうかはわからないが、どうやら私の言葉の続きを待っているらしい。

「……あなたは、吸血鬼に囚われ、虐げられていたと聞いたわ。その過去と、お兄さまはどう関係しているの？」

これだけは、確かめておきたかった。たとえ、彼の心の傷に直接触れるような行為だとしても。

「……その事情によっては、私、お兄さまに話を聞いてみたいと思うのよ」

信じたくはないが、お兄さまがそんな残酷な事件に関わっていたのだとしたら、きちんと追及しなければなるまい。

クラウスは、しばらく私を見つめていた。

そうしている間にも、公爵邸の庭は橙色に染まっていく。

しばしの沈黙ののち、彼はふっと自嘲気味な笑みを浮かべた。

「……その件とお前の兄は関係ない。俺があいつを恨んでいる理由は、まったく別の事情からだ。あいつは、そんなことよりずっとずっと、許しがたい罪を犯した」

「そんなこと、って……」

公爵から話を聞いた限りでは、これ以上の悲劇はないほどの凄惨な事件だったのに。

それを「そんなこと」なんて言葉で片づけるあたり、彼は彼自身のことをあまり大切にしていないのだと気づかされる。

「恨みの対象を、お前の兄から廃教会の吸血鬼たちに移そうとしたって無駄だ。俺の体や心なんかより遥かに大切で尊いものを、あいつは壊した。それだけは、一生許せない」

「恨みの対象をすり替えようなんてしていないわ。私が言いたいのは、そういうことではなくて……」

もっと、自分自身のことを気にかけるべきだ。

そんな台詞、契約関係の婚約者に過ぎない私がどうして言えるだろう。吸血鬼である私の口からは、絶対に聞きたくない言葉のはずだ。

ぐるぐると渦巻く心の中を、どう表してよいかわからず、軽く俯いてしまう。足もとには、丁寧に手入れされた花々が風に揺れていた。

ふと、顎に彼の手が伸びてきたかと思うと、視線が合うように顔を上げさせられた。

空色の瞳は、わずかに和らいでいた。柔らかな夕暮れの光を映し込んだような、穏やかでどこか優しげなまなざしだ。

「お前は、案外お人好しだな。吸血鬼のくせに、理不尽な契約を押しつけた相手のことを思いやれるとは思わなかった」

「……ひと言余計だわ」

溜息まじりに不満を述べれば、彼は、ふ、と笑ってみせた。まるで、彼自身笑っていることに気づいていないかのような、自然で、見逃してしまいそうなほど微かな笑みだ。

その微笑みを見て、ぐるぐると渦巻いていた心の中がわずかに落ち着いていくのがわかる。

「お前は、そうやってふてくされているくらいが面白い」

「あなたを楽しませるために拗ねているわけじゃないわ……」

「そうそう、その調子だ」

彼はどこか和らいだ視線で私を一瞥すると、私より先に歩き出した。夕焼けの中に浮かび上がる彼の影を見守りながら、私もすぐにあとを追う。

……やっぱり、変なひとだわ。

心の中でつぶやいてからふと、私もごくわずかに口もとが緩んでいることに気づいた。

クラウスの隣なのに、と視線を逸らしながら慌てて不機嫌そうな顔を取り繕う。

美しい夕焼けが、彼への嫌悪感をすこし溶かしてしまったのかもしれない。

今朝会ったときよりも、彼との距離がわずかに近づいたような気がする。そんなぎこちない戸惑いを抱えたまま、白い公爵邸をあとにした。

第三章　つくりものの恋

「お前の血はおいしいわねえ。綺麗でおいしいものって、私、大好きよ」

廃れた教会の中、祭壇の上に足を組んで座った少女が、床に這いつくばる俺を見下ろして笑う。月影を背にしているせいで、その顔ははっきりと窺い知ることができない。

後ろ手に銀の鎖で縛られているから、体を起こすことも叶わなかった。癒えることのない身体中の生傷は、絶えず焼けつくようにじくじくと痛んでいる。

「……姫」

朦朧（もうろう）とした意識と激痛の中で、最愛のひとを呼ぶ。

もうこの世にはいない、銀の吸血鬼に喰らわれてしまった大切なひと。名前を思い出すことすらできない、最初で最後の恋の相手だ。

奴らに血を吸われているうちに、だんだんと記憶が曖昧になっている。一字一句違わずに覚えていた最愛からもらった言葉も、大好きだった愛らしい声も、彼女の名前さえ、もうすっかり遠ざかっていた。

せめて、せめて眼裏に浮かぶこの笑顔だけは忘れたくない。俺を見て晴れやかに笑うあの表情だけは、目に焼きつけたまま終わりたい。もう二度と見られないとわかっているからこそ余計に、縋りついていたかった。

「死者に縋るなんて、泣ける話ねえ」

「……黙れ」

無理やり顔を上げて、噛みつくように睨みつける。

だがすぐに彼女の従者らしき男たちに押さえ込まれ、思い切り顔を床に打ちつけられた。その衝撃で口の中が切れたらしく、夥しい量の血があふれ出す。

「ぐ……っ」

そのまま後頭部の髪を引っ張られるようにして再び顔を上げさせられ、どろりとした血が喉奥に流れ込む。ぐらり、と意識が揺らいだ。

「あははは！　ぶざまねえ！　まさか『女王の贄』であるお前をこんなふうに好きにできるなんて！」

少女は両手を合わせてはしゃぎながら、くすくすと無邪気に笑って見せた。

自らの血に咽せながらも、睨みつけるように少女を見上げる。

少女はにやりと笑みを深めて、俺の目の前に歩み寄ってきた。小さな靴がこつこつと音を立てる。殺意をこめて睨みあげるも、文字通り手も足も出ないせいで少女を害することなど到底できなかった。

反対に、少女は優雅な手つきで俺の顎に指を添え、嗜虐的な輝きを秘めた目でこちらを見下ろしている。ただただ不快感と屈辱だけが募っていった。

「おいしそうな血がたくさんあるわ。私がぜんぶ飲み干してあげる」

少女は人形のように愛らしい顔立ちをしていたが、俺からすれば化け物にしか見えなかった。

抵抗もできぬまま、少女に唇を奪われる。目当ては口の中にあふれた血のようだった。だが、それだけでは足りなかったらしく、唇や舌にも鋭い牙が突き刺さった。血がほとばしる感覚とともに、「最愛」の微笑みがゆっくり薄れていく。

……嫌だ、嫌だ忘れたくない。せめて、せめて「彼女」を愛していたこの事実だけは、どうか。

大して信じてもいなかった神さまとやらに、心の中で必死に祈る。

もう名前も思い出せない彼女への、この想いだけは、どうか最後まで俺の手もとに残してほしい。彼女を愛していたその事実だけが、俺が人らしく生きた証のような気がしていた。

それすら叶わないのなら、もう、おしまいにしてくれないだろうか。命か、それが駄目なら使いものにならないほどに心を壊して、終わらせてほしかった。

……愛している、愛しています、姫。

目を瞑れば、彼女と初めて出会った日に舞っていた薄紅色の花びらが見える。その花びらの隙間から見えるのは、銀の吸血鬼が彼女を喰らう、あの残虐な光景ばかりだ。意識を手放すたびに、それは悪夢のように繰り返された。

忘れたくない彼女の記憶は奪い去っていくのに、いちばん忘れたいことだけは忘れさせてくれない。忌々しいあの吸血鬼のことだけは、深く頭に刻み込まれたままだ。

……許さない、あいつだけは絶対に許さない。

繰り返される悪夢が黒い復讐心を育てるのに、そう、長い時間はかからなかった。

◇

クラウスと婚約してから、まもなくひと月が経とうとしている。

クロウ伯爵邸は、かつてないほど重苦しい雰囲気に包まれたままだった。原因は、言うまでもなく私の婚約話のせいだ。

天蓋から下ろされた黒い薄絹のカーテンの中で、ローラの訪れを待つ。近ごろは眠りが浅く、彼女に起こされる前にこうして目覚めてしまうことが多かった。

薄紅色の花びらが散る不思議な夢は、今でも毎晩のように見ている。理由のわからない涙の名残を拭いながら、朝からすでに疲れたような気持ちでぎゅうと枕を抱きしめた。

今日は、クラウスとともに建国祭の式典へ出かける日だ。彼は今夜も剣舞を舞うらしく、その後の舞踏会で彼とともに踊る手筈になっている。彼と婚約を結んでから、初めて迎える夜会だった。

初めのころよりは彼に対する嫌悪感も多少薄れているとはいえ、楽しみには思えなかった。

「お嬢さま、お目覚めでございますか」

薄絹に施された透かし模様の先に人影を認め、ようやく寝台の縁に足を下ろした。今日も薄暗いクロウ伯爵家の朝が始まる。

今日は幸い「目覚めの食事」の日ではないので、その点だけはましだろう。

ローラに促されるがまま朝の支度を進め、黒いドレスを着つけてもらう。薄紅色の髪も黒いレースのリボンで結い上げてもらった。

「今朝も浮かない表情をされております。よく眠れませんでしたか？」

「……そうね」

家にいると、どうしたってお兄さまのことを考えてしまう。

彼は私とクラウスの婚約を許していない。何か明確な言葉で詰め寄られるわけではないが、すれ違うたびに私に向けられる翳ったまなざしは、確かに私を責め立てていた。

目が合うたびに「裏切り者」と言われているような気がして、ますます俯いてしまう毎日だ。

左手の薬指をそっと指先で撫でながら、ぼんやりとお兄さまのことを想う。クラウスにつけられた傷はもうすっかり薄れているが、今の私にはこの指にくちづける資格はないような気がして、今ではこうして触れるだけになってしまった。

「ノアさまとは、まだお話できないままですか？」

無言で頷けば、ローラはふと視線を伏せ、何かを逡巡するような表情を見せた。

彼女がはっきりと言葉にしないのは珍しい。思わず彼女の顔を覗き込むように首を傾げる。

「……どうしたの？」

「いえ……その、お嬢さまに申し上げるべきか迷ったのですが……」

歯切れの悪い言葉を並べ、ローラはぎゅっと拳を握りしめた。よほど言いづらいことがあるらしい。

「いいわ、言ってみて」

「その……ノアさま付きの侍女のことなのですが……このところ体調を崩す者があとを絶たず、同じバート一族の者として、少々心配しているのです」

「お兄さま付きの侍女が……？」

お兄さま付きの侍女は、確か五人ほどいるはずだ。交代で「目覚めの食事」の相手を務めたり、身の回りの世話をしたりしていると聞いている。

「このひと月ほど、ノアさまが『目覚めの食事』に所望される血の量が増えています。もちろん、クロウ伯爵家の皆さまに吸血していただけるのはこの上ない名誉ですが……青白い顔の彼女たちを見ていると、不安になるのです。このままでは、いつか倒れてしまうのではないかと……」

ローラは床に膝をつくと、縋るように私の手をとった。バート一族特有の灰色の瞳が、切なげに揺れている。

「お嬢さま、どうかノアさまとお話をなさってください。お嬢さまとお話しになれば……ノアさまもすこしは落ち着かれると思います」

願いごとなんて滅多にしてこないローラが懇願するほどなのだから、お兄さまの荒れようは相当なものなのだろう。私としても、体調を崩している侍女たちのことは心配だった。

「話すのは構わないけれど……却（かえ）って状況を悪くするかもしれないわ。お兄さまは、婚約の件で私に怒っていらっしゃるから」

「ノアさまとお嬢さまの絆（きずな）の強さを思えば、無理もないお話かと……」

ローラは軽く俯いたまま、ためらうように問いかける。

「お嬢さまはもう……ノアさまのことはお好きではないのですか？　お嬢さまのお心には、クラウスさましかいらっしゃらないのですか？」

「そ、それは……」

そもそも、私がお兄さまに向ける想いも、お兄さまが私に向ける想いも、「好き」なんて綺麗な感情だけでは片づけられない。お兄さまに憧れるたび、その気持ちと同じくらい強く罪悪感に縛られる。それを、息苦しく思っている私がいることも確かだった。

……お兄さまにとっての私も、きっと同じようなものなのよね。

クラウスと婚約したことで、その気持ちが薄れているのかは正直わからない。けれど、確実に私とお兄さまを縛る鎖の形が変化しつつあるのはわかった。

「――とにかく、いちどお話をしてみるわね」

侍女たちのことは、とても放っておけない。お兄さまに対して複雑な気持ちを抱いたままだが、朝食の前に会いに行ってみよう。

彼に、どんな目を向けられるのかと考えただけで肩が小刻みに震えるようだ。それをローラに悟られぬよう、自分で自分の肩を抱きしめながら、薄暗い寝室をあとにした。

お兄さまの私室の扉は、今日もぴたりと閉じられていた。装飾のすくない扉は、いかにもお兄さまの好みらしい。震える指先を握りしめて、そっと扉をノックする。

「お兄さま、私です。フィーネです」

まもなくして、部屋の内側から扉が開かれる。扉の隙間から姿を現したのは、どことなくやつれた様子のお兄さまだった。

「……フィーネ」

このひと月で、すこし痩せられたのではないだろうか。もともと細身のお兄さまが、消え入りそうな儚さまで醸し出していて痛々しい。目の下にはうっすらと隈（くま）まである。

それもすべて、私のせいなのだろう。その確信が、またしても心の奥の熱と罪悪感を呼び覚ました。

それらをぐっと抑え込んで、視線は伏せたままに切り出す。

「お兄さま、すこしだけ、お話が――」

そう言い終わるや否や、気づけばお兄さまに手を引かれていた。

よろめくように室内に足を踏み入れた瞬間、ぱたんと扉が閉じられる。

同時に、お兄さまに壁際まで追い詰められてしまった。背中に冷たい壁が当たり、ぎゅっと目を瞑る。

「僕は君を避けているつもりなんだけど……わからないかな？」

優しくて、とろけるように甘い声。

いつもと変わらない、お兄さまの声のはずなのに、まるで知らないひとが目の前にいるようだった。

お兄さまの部屋の中は、いつもより濃い血の臭いがした。それだけ、侍女たちから奪った血の量が多いという証なのだろう。

その事実をまざまざと突きつけられて、せめてひと言だけでも申し上げなければ、と意を決してお兄さまを見上げる。あらわになっている左目は、いつもよりいっそう深い紅色だ。

「お兄さま、このところ、侍女たちからもらう血の量が増えていると聞きました。……中には体調を崩している者もいるようです。どうか、必要以上に彼女たちから血を奪わないでください」

私の嘆願に、お兄さまはどこか嘲笑にも似た笑みを見せた。今まで、私の前でそんなふうに笑うことはなかったのに。

「フィーネは優しいね。こんなときでも使用人のことを気遣えるんだ」

私を壁際に追い込んだまま、お兄さまの指先がそっと私の頬を撫でる。

掠(かす)めるようなその感触に、ぞわりと肌が粟立った。甘さを帯びた寒気が背筋をすっと抜けていく。

「じゃあ、代わりにフィーネが血をくれる？」

お兄さまの深紅の瞳は怪しげに揺らめいていた。その凄絶な色気に息を呑みながらも、何とか毅然とした態度で受け答える。

「……それは、許されることではありませんわ、お兄さま」

私の言葉など聞こえていないというふうに、お兄さまはいっそう私との距離を縮めた。耳朶に唇が触れそうなくらいの距離まで顔を寄せられて、思わずびくりと肩が跳ねる。

「禁忌に触れるつもりがないのなら、もうあまり僕に話しかけないでくれるかな、フィーネ。君も、いつまでも僕に執着されるなんて気分が悪いだろう？」

「っ……」

まるで私が感じていた息苦しさを見透かしたような言葉に、上手く反論ができない。言葉が出てこないのを誤魔化すように、きゅう、と唇を噛みしめた。

「……侍女のことは気をつけるから、今後は気軽に僕の部屋を訪ねないでくれ。自分でも、君に何をするかわからない」

それだけを告げて、お兄さまは私から離れた。翳った瞳は扉を見つめており、暗に私に退室を促しているのだと悟る。

「ほら、あいつと行く式典の準備もあるだろう？　早く行くといいよ」

突き放すようなお兄さまの言葉を重く受け止めながら、その場で軽く礼をする。

「……失礼いたします、お兄さま」

その挨拶を最後に、お兄さまへ背を向ける。

部屋を出たあとも、血の臭いと、胸の奥底で燻る熱がいつまでも纏わりついていた。気分は到底晴れるはずもなく、屋敷の薄暗さに溶け込むように、お兄さまの部屋から逃げ出したのだった。

煌びやかなシャンデリアの光と、優雅な音楽。お酒と香水の香りが充満する広間の中で、紺碧のドレスに身を包んだ私は、ぼんやりと広間の中心を見つめていた。

広間の中心で人々の注目を集めているのは、真っ白な神官の外套に身を包んだクラウスだ。美しい鈴の音を響かせながら、しなやかに剣舞を舞っている。彼こそがエイベル公爵家の令息なのだと広まっているせいか、ひと月前にも増して人々の関心を集めているようだった。

濡羽色の髪が煽られ、澄みきった空色の瞳があらわになるたび、ほう、と感嘆の溜息が漏れ聞こえてくる。令嬢たちの中には、小声ではしゃぐ者までいた。

見た目だけならその反応にも頷けるが、彼のいじわるな内面を知っている以上共感はできなかった。

剣舞の最後に敬虔な祈りを捧げ、彼の出番が終わる。

人々の崇拝にも似た視線を引き連れて、彼はまっすぐに私の隣にやってきた。

「フィーネ、見てくれていたか？　どうだった？」

人目があるからか、彼は爽やかに笑って私の反応を窺っていた。久しぶりの演技だ。

「……すてきだったわ。とても、清廉で」

嘘は言っていない。宗教的な意味合いはともかく、彼の剣舞自体は美しかったのだから。

「よかった。これからもすぐそばで、君の幸せを祈らせてくれ」

彼は私の手をとって、指先にそっとくちづけを落とした。周囲から黄色い声が上がる。

「……ありがとう」

ご令嬢たちの興味は、彼だけでなく私にも向いているようだった。あからさまな羨望のまなざしに、できることなら代わってあげたいとさえ思う。

だが、私たちに向けられる視線の中に、殺意にも似た鋭い気配を感じ取って、はっとあたりを見回す。

激しい感情が秘められた視線の持ち主は、すぐにわかった。

壁際で腕を組みながら、銀髪の青年が私たちを見つめている。

……お兄さま。

建国祭の式典だから、次期クロウ伯爵であるお兄さまも参列せざるを得なかったのだろう。今朝の様子を見ている限りではとても外出を楽しむような状態ではなかったはずだから、無理をしてこの場にいらっしゃったに違いない。

ご令嬢たちはちらちらとお兄さまに視線を送り、お兄さまを気にかけているそぶりを見せていたが、彼はわずかも反応しなかった。ただ翳った瞳が、責めるように私たちを見つめている。

「……いいざまだな。ノア」

囁くような声で、クラウスは笑った。彼も、私たちに向けられた鋭いまなざしに気づいていたのだろう。

クラウスの満ち足りたような声を聞き流していると、ふと、人波をかきわけるようにして、深い赤のドレスに身を包んだ令嬢がお兄さまに近づいたのがわかった。

あの美しい白金の髪と深紅の瞳は、ユリス侯爵令嬢だ。王国レヴァインの建国祭だが、帝国の賓客もちらちらと見受けられるから、ユリス侯爵令嬢も招かれていたのかもしれない。彼女は我が物顔でお兄さまに近づくと、彼の隣を陣取り、可憐な笑顔を見せた。

……このままお兄さまと距離を置いていたほうが、ふたりの縁談も進展するかもしれないわ。

またひとつ、お兄さまを遠くに感じたが、これが最善なのだと自分に言い聞かせる。ユリス侯爵令嬢となら、お兄さまは祝福の中で幸せになれるはずなのだから。

「何を浮かない顔をしているんだ？」

クラウスが私の腰を引き寄せながら、吐息を溶かし込むように問いかけてくる。

私を溺愛している演技の真っ最中なのだろうが、私の憂いの理由を知った上で問いかけてくるのだから相変わらずいじわるなひとだ。

「……あなたがあんまり人気者だから面白くなかったの」

本当の気持ちを晒す気にもなれず、彼に倣ってつらつらと心にもない嘘を口にする。周囲の人々は私たちの会話に聞き耳を立てているのだろうから、彼の「婚約者」である以上、下手なことは言えなかった。

「君のほうこそ周りの視線を集めすぎだ。妬けてしまうな」

言葉とともに頭の上にちゅ、とくちづけが降ってくる。演技だとわかっていても、触れられた箇所はなんだかくすぐったかった。

周囲の人々やお兄さまには、さぞ仲のよい恋人同士に見えているだろう。仕方のないこととはいえ、クラウスの思惑通りに進んでいるのはやはり面白くなかった。

「そろそろ曲が始まる。一緒に踊ろう、フィーネ」

彼は繊細な仕草で私の手を取ると、エスコートするように手を引いて広間の中心へ歩き始めた。

彼が白い外套を靡かせて足を進めるたび、人々の視線を奪っていく。彼の持つ清廉な雰囲気は、やはり特別なものだった。

広間の中心で他の男女と同じように向かいあうと、彼は私の腰に手を回しながら嘲笑を浮かべた。

「──あいつにちゃんと見せつけてやらないとな。あいつの最愛は、俺が奪ったんだってこと」

「……お兄さまも踊るでしょうから、どうかしらね」

今は、ユリス侯爵令嬢と手を取りあっているはずだ。私にばかり集中するわけにはいかないだろう。

「無用な心配だ。今もこちらを見ている」

クラウスはくすくすと笑いながら、私の手をとった。こんな笑みでも、はたから見れば好青年の笑みなのだろうか。

馴染みの音楽が始まり、嫌々ながらも足を動かし始めた。ふわり、と紺碧のドレスと純白の外套の裾が舞う。

……変なの、とっても踊りやすいわ。

初めて踊ったときは彼を警戒するあまり気づかなかったが、不思議なくらいにクラウスとは息が合う。まるで長いことずっと相手役を務めてきたような、そんな安定感があった。

……あれだけ見事な剣舞を舞えるからかしら。

考えごとをしながらでも、いちども足がもつれない。あまりに軽やかに足が動くものだから、つい胸が弾んでしまう。

「……本当に、踊りが上手なのね」

「お褒めに預かり光栄だな」

クラウスはいたずらっぽいまなざしを向けたかと思うと、大胆に動いて私の体を大きく回した。

いつもはお兄さまに丁重に扱われるばかりだったから、こんなふうに動いたことは初めてだ。思わずクラウスの腕に添えた手に力を込め、縋るようにクラウスを見上げてしまう。

彼は小さく噴き出すように笑うと、力強く私の腰に腕を回した。

「そう怖がらなくても大丈夫だ。お前くらい、片手でも簡単に支えられる」

大嫌いなはずのクラウスの言葉なのに、実際に体がすこしもぶれないせいか、不思議と心強く感じられた。この腕に支えられていると思えば、不安定な一歩も踏み出してみたくなる。

……もうすこしだけ、動いてみようかしら。

彼の言葉にあと押しされるように、思いきって私も大きく踏み出す。

クラウスは、その勢いを受け止めながら、大胆に、けれど優雅に私の体をくるりと回した。まるで羽が生えたかのように体が軽い。

「そうそう、その調子だ」

どこか満足げなクラウスの反応は、不快ではなかった。むしろ、踊りが始まるときに感じた胸の高鳴りが強まるばかりだ。表情が、いつになく和らいでいくのがわかる。

「ふふ、これはちょっと……楽しいわ」

微笑みを崩さないままにクラウスを見上げれば、同じように頬を緩めたクラウスと視線が絡んだ。

演技には見えない自然な表情に、不覚にも心臓が跳ね上がる。

彼が私に対してそんなふうに笑うなんて、思ってもみなかった。

……本当に、変なひと。吸血鬼である私のことなんて、大嫌いなはずなのに。

同時に、今の今までお兄さまの視線を忘れていたことを思い出して、はっとした。お兄さまの存在を意識しないなんて、あり得ないと思っていたのに。

「お前ははしゃぐと印象が変わるな。……そっちのほうがいい」

ふと、腰にクラウスの両手が添えられたかと思うと、ふわりと体が浮いた。

抱き上げると言うよりは持ち上げると言ったほうがふさわしい所作だったが、周囲からわっと歓声が上がる。ドレスの裾が、空気を巻き込んでひらひらと靡くのがわかった。

彼に持ち上げられた体勢のまま、澄みきった空色の瞳と目が合う。ゆらりと宙に浮くような感覚がくすぐったくて、小さく声をあげて笑ってしまった。

「クラウス、こんなに高くしたら落ちちゃうわ」

思わず彼の肩に両手を乗せ、笑いながら告げれば、クラウスもまた破顔した。まるでこの状況を心から楽しんでいるかのような笑い方だ。

……クラウスだって、そうやって笑っていたほうがすてきなのに。

その瞬間、ぶわり、と何か激しい感情に襲われる。

羞恥でも苛立ちでもない。もっと胸を抉るような、切ないものだ。どうしようもなく、懐かしくてたまらない気持ちになる。

それも、何となく懐かしいなんてものではない。胸を引き裂かれるような、痛烈な懐かしさと、心の奥底で切望している光景は絶対に手に入らないのだという確信が、心を苛んでいる。

――フィーネは軽いな。放っておいたらあの蝶みたいに飛んで行ってしまいそうだ。

――空に飛び出しても、あなたならきっと私を捕まえてくれるわ。

激しい頭痛とともに、薄紅色の花びらが眼裏に映し出される。

雪のように視界を覆うその花びらは、毎晩夢で見るものと同じだった。

「……っ」

呻き声を漏らしたのは、どちらが先だったか。

気づけばクラウスもまた、痛みを覚えたかのように顔を歪ませていた。

ぽたり、と理由もなく涙がこぼれ落ちる。それと同時に、私を見上げるクラウスの目尻からも、一筋の涙が伝うのがわかった。私を抱える腕が震えている。

クラウスはそっと私を床に降ろすと、手の震えを隠すように私の指先を絡めとった。私も私で、彼と似たような反応しか示せない。とてもじゃないが、踊りを再開するような心境ではなかった。

……変なの。何、これ。

悲しいわけでも嬉しいわけでもない。ただ、ぽたぽたと涙がこぼれ落ちていく。

それは、目覚めると忘れてしまうあの夢を見たときによく似ていた。自分の意思とは関係なく流れる涙に、呆然（ぼうぜん）としてしまう。

私もクラウスも、何も言わなかった。ただ、指先だけを触れあわせて、こぼれ落ちる涙の意味を探っていた。

突然に踊りを中断し、訳もなく涙を流し始めた私たちを見て、周囲がわずかに騒めき出す。優雅な音楽さえ、まるで別世界で流れるもののように遠く聞こえた。

「……お化粧を直してくるわ」

混乱からは到底抜け出せていなかったが、どうにかそれだけを告げて、クラウスのもとから離れる。

このままクラウスの前にいたら、いつまでも涙が止まらないような気がしたのだ。

クラウスは私を引き留めなかった。引き留める余裕などないとでもいう風に、ただただその場で俯いていた。

足早に、人の波をかきわけて進む。広間を抜け、人気のないバルコニーへ移動した私は、用意されていた椅子に倒れ込むように腰を下ろした。

夏の夜の生ぬるい風が、ふわりと薄紅色の髪を撫でる。月影の下では、私の髪色はあの名前も知らない花とよく似た色に見えた。

何度も夢に見る薄紅色の花が、どうしてか懐かしくて仕方がない。見たこともない花のはずなのに、胸の奥を抉り取るような切ない感傷を呼び起こす。

……夢だけじゃない。先ほどふいに蘇ったあの光景の中にもあったわ。

もやもやと、割りきれない気分だった。

何か、とても大切なことを忘れている。それはもはや確信に近かったが、何を忘れているのかすらわからないこの状況は、どうにももどかしくてならなかった。

「……フィーネ」

頭上からかけられた声に、すこし落ち着きかけていた脈が再び早まるのを感じた。

声に張りはないものの、この毒を帯びるように甘い声の持ち主はひとりしかいない。

「……お兄さま」

ゆっくりと顔を上げる。月影を背負うようにして私の前に立ったお兄さまは、氷のように冷たいまなざしで私を捉えていた。

ずっと私たちを監視するように見つめていたお兄さまのことだ。私とクラウスが突然に涙を流した場面も見ていたのだろう。

「泣き顔を見て安心した。……あんなふうにあいつの前で笑うより、ずっといいよ」

笑うように、お兄さまは告げた。冷たい指が、涙の痕をなぞるように頬を掠める。

私の不幸を喜ぶかのような言葉に、体が凍りつくようだった。

「こんなふうに泣かされて……神官とは相容れないことがよくわかっただろう？」

「違います……クラウスに、泣かされたわけでは……」

途切れ途切れに言葉を紡ぎながら、俯く。頬に添えられた彼の指に、わずかに力がこもるのがわかった。

「じゃあ……どうして泣いているの？」

優しい口調だが、尋問のようにもとれる威圧的な雰囲気だった。私とクラウスのやりとりの何かが、彼の気に障ったのは間違いないようだ。

……お兄さまって、こんなに恐ろしい方だったかしら。

時折不穏な気配を見せることはあっても、私には優しく接してくれていると思っていたのに。どうしてかクラウスと過ごしたあとでは、その優しさは紛(まが)いもののように思えてならなかった。

「……ああ、またその目だ」

「え……？」

頰に添えられていた指が顎へ移動し、半ば強引に上を向かされる。

「僕を見て怯えるような、その目だよ」

指先が喉もとに食い込んで、わずかな息苦しさを覚える。冷たい指先から、焼けるような怒りが伝わってくるようだ。

……怖い。お兄さまは、何をお怒りなの？

とても、涙の理由を打ち明けられるような雰囲気ではない。彼に命を握られているような恐怖を覚えながら、私は深紅の瞳に囚われていた。

「……『お兄さま』にならい、笑いかけてくれるかと思ってたんだけどなあ」

独り言のようなその呟きには、確かな自嘲が含まれていた。

意味を図りかねて、お兄さまの瞳の奥を覗き込む。

夜を溶かしこんだかのような、深く暗く翳った目だ。

そこに、燃え上がるような怒りだけでなく、果てしない寂しさを見出した気がした。

「お兄さま……？」

お兄さまはふっと笑うと、ゆっくりと私に顔を近づけて、涙の名残に吸いついた。目尻に繰り返されるくちづけに、まぶたを震わせながら耐える。

「……このままここに噛みつけば、僕とおそろいになれるね」

右目の縁をなぞりながら、お兄さまは笑った。

ぞわり、と背筋に寒気が抜けていく。

「僕に笑いかけてくれない目なら、半分食べてしまおうか」

震えながら伏せた右のまぶたに、ゆっくりとくちづけが落とされる。優しい触れ方なのに、まるで火傷したかのように熱が残った。

お兄さまが本気になれば、私の目なんて簡単に食べてしまえるのだろう。抵抗する術も持たず、ただお兄さまの腕の中で震えることしかできない。

……ああ、でも、この目ひとつで、お兄さまとの間にある見えない鎖を断ち切れるなら――。

「――ノアさま？」

鈴を転がすような可憐な声に、はっと我に返る。

いつのまにか、バルコニーには深紅のドレスを纏った令嬢の姿があった。

「ユリス侯爵令嬢……」

ぽつりと呟けば、彼女の深紅の瞳が睨みつけるように私に向けられる。

「……フィーネさまもいらっしゃったのね。本当に、仲がよろしいこと」

はたから見れば、私とお兄さまの近さはくちづけでもしていたのかと疑うほどだろう。

ユリス侯爵令嬢が面白く思うはずもなかった。

「誤解です。――ちょっとした兄妹喧嘩(げんか)をしていただけですよ」

その言い方に、どくん、と心臓が跳ね上がる。

ユリス侯爵令嬢を前にしていることを考えれば、自然な言い訳なのかもしれないが、お兄さまが他者に「兄妹」であることを強調するのは今までにないことだった。

些細な変化だが、私からしてみれば、何か明確な線引きをされたような気がしてならない。お兄さまの心境の変化を追うように、じっとお兄さまの表情を覗き込む。

いつもは甘くとろけるような笑みが返ってくるのだが、今ばかりは違った。

彼は痛みに耐えるように表情を歪ませて、無理やり微笑みを取り繕っていたのだ。

「……ユリス侯爵令嬢も来たことだし、君もそろそろエイベル公爵令息のもとへ戻るんだ。君を探しているかもしれない」

「お兄さま……？」

突き放すような言い方に、戸惑いを隠しきれない。

彼のまなざしから逃れたいと思っていたのに、お兄さまから離れるよう促されるのは初めてのことで、もやもやとした不安を覚えてしまった。

反対に、ユリス侯爵令嬢はお兄さまの対応に満足したようで、にこりと微笑んでお兄さまの隣を陣取る。

「そうですわね。彼、体調が悪そうでしたわよ？ 青白い顔をしていましたから」

「クラウスが……？」

「フィーネさまが離れてから大勢のご令嬢が押しかけて……あの方は人混みが苦手なのかしら？ どうもそれでご気分が悪くなったみたいでしたわよ？ ……神官さまって潔癖なのねえ」

最後の台詞は、あからさまな侮蔑の言葉だった。お兄さまに並ぶほど吸血鬼の形質が濃い彼女からしてみれば、神官であるクラウスを敵視するのも頷けるが、彼の過去を知った今となっては、正直聞いていて快くはない。

……クラウス、大丈夫なのかしら。

考えるよりも先に、気づけば立ち上がっていた。

「お兄さま……私……」

お兄さまは苦しげな表情のまま、ひどく寂しそうに微笑んだ。

「……すぐに行ってあげなさい。君は……彼の婚約者なんだから」

「――っ！」

……お兄さまが、クラウスを私の婚約者と表現するなんて。

私たちの関係を認めたような発言に、ますます動揺が広がるばかりだったが、クラウスを案ずる気持ちがちらついて、いつのまにかつま先を会場のほうへ向けていた。

「……それでは、失礼いたします。お兄さま、ユリス侯爵令嬢」

その言葉を最後に、彼らに背を向け会場へ駆け出す。クラウスを心配する気持ちがあるのももちろんだが、半分くらいはこの場から立ち去りたいという衝動にまかせて足を動かしていた。

月影から、シャンデリアの眩(まばゆ)い光に切り替わる。人の匂いに満ちた大広間の中を、ぐるりと見回した。

人混みの中でも、クラウスの白い外套は目立つはずだ。きっと、すぐに見つけられるだろう。

その予想通り、広間の隅で壁に寄りかかるようにして佇(たたず)む青年の姿が目に飛び込んできた。純白の外套と漆黒の髪が印象的だから、ひと目で判別できる。軽く俯いているせいで、表情はよく窺えなかった。

「クラウス……」

軽く駆けるようにして近づき、そっと彼の腕に手を添える。ゆっくりと、熱に浮かされたような空色の瞳が私を捉えた。

まるで縋るようなまなざしに、どくん、と心臓が跳ね上がる。

普段の尊大な雰囲気とは大違いだ。これは、相当具合が悪いに違いない。

「気分が優れないと聞いたわ……。どこかへ移動しましょう」

「……すまない」

珍しく弱っている彼を前にすると、不思議と憎らしい気持ちはわいてこなかった。

腕を組むように彼に寄り添って、使用人に休憩室の場所を確認する。

聞けば、エイベル公爵家には専用の客間が与えられているとのことだったので、そちらへ案内してもらうことにした。

「……何か飲む？」

豪華な客間に入るなり、大きなソファーに彼を座らせながら問いかける。人混みから離れても、変わらず彼の顔は青白いままだった。

「いらない。誰も近寄らせないでくれ……」

「わかったわ」

案内してくれた使用人に事情を話し、すぐに退室してもらう。

私も薄手の毛布を彼の肩にかけ、すぐに離れた。私は別の場所で休むのがいいだろう。

だが、扉の方へ歩き始めた矢先、背後から声をかけられる。

「……どこにいくんだ？」

「休憩室よ。いくらあなたが相手でも、弱っているときにいじわるをする気にはなれないもの」

「……いいからここに座れ、早く」

クラウスは気だるげにそれだけ言うと、自身のすぐ隣の座面を視線で指した。

人の目もないのに、私を隣に座らせようとするなんて、どういう心境の変化だろう。

戸惑いながらも、彼が気にかかる気持ちがまさってしまい、結局言われるがままに彼の隣に腰を下ろした。

「ユリス侯爵令嬢から聞いたわ。私がいない間に、ご令嬢がたくさん押しかけたって……」

ソファーにもたれかかり、額に手を当てるクラウスを見て、おずおずと問いかける。

「……今も、人がたくさんいるのは苦手なの？」

廃教会での一件で、彼は人と関わりあうのを避け、ひとりで過ごしてきたとエイベル公爵は言っていた。

彼は呼吸を落ち着かせるかのように大きく息を吐き、消え入りそうな声で答える。

「昔よりはましだが、今でも時折息がつまる。最悪な気分だった。……今後は二度と俺のそばを離れるな」

クラウスは再び深い溜息をついた。廃教会でのできごとは、今も確実に彼の心を蝕(むしば)んでいるらしい。

「……私に何かできることはある？」

「寒いんだ。……血を、吸われていたときみたいに凍えている」

言葉通り、彼の指先はわずかに震えていた。

その震えを閉じ込めるように、そっと彼の手を握りしめる。指先は、まるで雪の中に放置されていたかのように冷えきっていた。

……ずっと、凍えていたのね。

幼い彼もこうして、震えていたのだろう。手を握りしめるだけでは到底足りない気がして、彼にかけたばかりの毛布の中にそっと身を寄せた。そのままぎゅう、と彼の体を抱きしめる。

私の腕では抱えきれないほど立派な青年の体だが、まるで廃教会で震える幼い彼を抱きしめているようだ。

たったひとりで吸血鬼に囚われて、どれだけ怖かっただろう。

どれだけ、痛い思いをしたのだろう。

幼い彼の痛みをわかちあうように彼を抱きしめ続けていると、ふたりぶんの体温で、毛布がじんわりと温かくなり始めた。

彼にもその熱が伝わったのか、こわばっていた体が、すこしずつほぐれていく。

「お前は吸血鬼なのに……どうしてだろうな。お前にだけは、触れられるんだ」

「……っ」

クラウスは相当弱っているのだろう。柄にもない言葉を並べたかと思えば、私の肩口に顔を埋めてきた。

……今は演技する必要なんてないのに。

彼があまりに予想外の行動をとるものだから、どうしていいかわからなくなってしまう。不覚にも、心臓が早鐘を打っていた。

肩に触れたクラウスの頬は、未だにひやりと冷たいままだった。

恐る恐る、彼の後頭部を撫でてみる。指先に、柔らかな濡羽色の髪が絡んで余計に緊張した。

ぎこちない手つきで何度かクラウスの頭を撫でていると、彼の腕が腰に回ってきていっそう密着する姿勢になってしまった。

……温かいわ。

お互いの熱をわかちあうような時間が、どうにも穏やかで心地よかった。この毛布の中でだけは、怖いことも寒いことも忘れられる。

クラウスは私に寄りかかったまま、私の結い上げた髪から一筋こぼれ落ちた束に触れた。薄紅色を確かめるように、指先ですっとなぞっていく。

「……変わった色でしょう？　私はあまり好きではないの」

ぽつぽつと、他愛もない話題を口にする。なんとなく、今の彼とならおしゃべりをしても楽しめる気がした。

「本当は、お兄さまのような美しい銀髪を持って生まれたかったわ」

強い吸血鬼の証でもある、綺麗な月の色。それさえあれば私ももうすこし、吸血鬼らしくあれただろうか。

だが、クラウスはわずかに頬を緩めて、指先に私の髪を絡めた。

「俺は嫌いじゃない。お前の髪の色は……月の光に当たると淡くなって綺麗だ。俺の大切な花と、よく似た色をしている」

懐かしむように目を細め、クラウスはわずかに頬を緩めた。

「私の髪と、同じ色の花……？」

それは、私が毎日夢に見ているあの薄紅色の花びらと関係があるのだろうか。

彼を温めるように抱きしめたまま、思わず問いかける。

「それって……小指の先ほどの大きさの、薄い花びらだったりしないかしら……」

「……知ってるのか？」

「いいえ、何も知らないの……。むしろ、あなたが名前を知っているのなら聞いてみたいと思っただけ」

クラウスはふと、何か迷うようなそぶりを見せたかと思うと、外套の中に手を伸ばした。

しゃら、という鎖の音とともに、銀のロケットが取り出される。

傷だらけで、所々くすんでいる部分もあったが、汚れは目立たない。丁寧に手入れされているのだろう。

彼は毛布から手を出してロケットを開いた。その中から、数枚の薄紅色の花びらが現れる。

「っ……これ」

それはまさに、毎晩夢に見るあの花そのものだった。今まで眼裏でしか見たことがなかったから、存在しないかもしれないとさえ思っていただけに、いざこうして目の前に差し出されると興奮を隠しきれない。

「これだわ。私、毎晩この花を夢に見るの。……さっき、あなたと踊っているときにも同じものを見たわ」

吸い寄せられるように、ふたりの視線が重なる。

「この花が思い浮かんで……どうしようもなく、懐かしくなって泣いてしまったの」

「……俺も思い浮かんだ。お前を抱き上げた瞬間に、突然――」

萎れた花びらを見つめながら、不思議なこの状況に想いを馳せる。ふたりしてこの花を思い浮かべたことが、偶然だとは思えなかった。

この花のことを、もっと知りたい。実在するとわかったからには、調べを進めることもできるかもしれない。

「……公爵邸に、俺が幼いころに描いたこの花の絵がある。今度見に来るか？」

「……いいの？」

彼にしてはずいぶんと親切だ。睫毛をはね上げるように見つめれば、彼はぎこちなく顔を背けてしまう。

「俺としても、この花のことを知りたいというだけだ」

「……ありがとう」

クラウスは薄紅色の花びらをロケットの中にしまいこむと、ゆっくりと睫毛を伏せてロケットにくちづけた。まるで祈るような仕草に、不覚にも見惚れてしまう。

「……大切なものなのね」

彼はごくわずかにまぶたを開き、清廉な瞳で銀のロケットを見つめた。

「俺の大切なひとがくれたものだからな」

それはきっと、もうこの世にいないという彼の最愛のひとについて言っているのだろう。つまりそのロケットは、そのひとの形見というわけだ。

今もそのひとが生きていたら、彼はロケットにではなくそのひとにくちづけたのだろうか。祈るような仕草で、清廉な愛を捧げたのだろうか。

……そうしたらきっと、そのひとと一緒に幸せに過ごせたのよね。

私と、こんな歪んだ契約を結ぶこともなかっただろう。吸血鬼と神官として、一生縁のないままに過ごしたに違いない。

それはとても平穏で望ましいことのはずなのに、そのもしもは、なんだかとても寂しいことのような気がしてならなかった。

憎らしくても、私にいじわるでも、出会わなければよかったとは思えない。既に彼に対して、すくなからず情が芽生え始めている証だった。

……こんな調子じゃ、到底彼の血を飲み干せないわ。

彼と契約を結んだときに抱いた計画が、狂い始めている。このままではいけないと危機感を抱きながらも、いつのまにか私の指先を握り込んだ彼の手を振り払えない。

ずるずると、重たく温かな泥濘に沈んでいくような感覚だ。離れることもできずに、ふたりで寄り添いあって熱をわかちあう。

まぶたを閉じれば、眼裏を薄紅色の花びらがひらひらと舞い落ちていった。

第四章　ふたりきりの雨

薄紅色の花びらが舞い散る窓のそばで、幼い私はどこか落ち着かない気持ちでうろうろしていた。

手には、自らの手で丁寧に包んだ小箱が握られている。リボンを結ぶのに苦労したが、どうにか形にはなっただろう。

……なんと言って渡せばいいのかしら。

まもなく彼が来るというのに、伝えるべき言葉はまるで決まっていなかった。誰かに贈り物をするなんて、初めてのことだ。

気分を落ち着かせるように何度か深呼吸をしていると、私室の扉がノックされた。彼が来るにはまだ早いから、別の誰かがやってきたのだろう。

「どうぞ」

許可を出すなり、扉の向こうから姿を現したのは、先日私の騎士になったばかりの少年だった。まだあどけなさは残っているものの、恐ろしいほどに整った顔立ちをしていて、いつでも隙を見せない立ち振る舞いをしている。

私に対してとても献身的だが、怪しげな美しさと絡めとるような視線が怖くて、なかなか打ち解けられずにいた。この騎士の少年とは、仲良くしなければならないのに。

「フィーネさま、まもなくあなたの『贄』が到着いたしますので、お知らせに参りました」

侍女に任せればいいような仕事も、私の騎士はわざわざ自分の口で伝えにきてくれる。それだけ、私を守るという意識が強いのかもしれないが、窮屈さは感じていた。

「ありがとう。……でも、彼のことをそういうふうには呼ばないで」

「なぜ？　事実ではありませんか」

騎士は心底理解できないと言ったふうに首を傾げ、私との距離を詰めた。その鋭いまなざしは、私の手もとの小箱に注がれている。

「それは？」

まるで尋問のような鋭い響きに、びくりと肩を震わせる。

「……彼に、あげるの。もうすぐ、お誕生日だと聞いたから……」

「あなたのような尊い方が、『贄』に贈り物をする必要などありませんよ」

改めてほしいと頼んだ呼び方を、騎士はきっとあえて繰り返したのだろう。それだけ、騎士が「彼」のことを認めていない証だった。

「確かに彼は私に血をくれる役目があるけれど……それ以前に、お友だちだもの。大切にしたいわ」

「『贄』ごときがあなたのご友人になれるはずがありましょうか。あなたが親しくしなければならないのは、あいつではなく僕のほうですよ。……くれぐれも、お母上と同じ過ちは繰り返しませんよう」

「……わかっているわ」

「贄」と女王の間に生まれた、禁忌の姫。物心がついたときからそう呼ばれて生きてきたから、お母さまがしたことがどれだけいけないことだったか、よくわかっているつもりだ。私だって、自分の子どもに私と同じ思いはしてほしくない。

「贄」はあくまでも女王の食事でしかなく、夫となるのは女王の幼少期から護衛騎士を務める者でなければならない。

それが、この国の女王となる者に定められた古いしきたりだった。

つまり、私に厳しいこの騎士は、実質的には私の婚約者というべき相手なのだ。

……でも私、恋は「彼」としたいわ。

恋というものがどんなものなのか、正直まだわかっていないが、どんなことでも「彼」と経験してみたい。「彼」と、一緒がいい。

でもそれを、目の前の美しい騎士が許すはずもなかった。この騎士のまなざしに捉えられるたび、もう二度と逃げられないような気になってしまう。

「……この贈りものは、捨てなくてはいけないの？」

「彼」の喜ぶ顔が見たくて、一生懸命用意したのに。このまま渡すことは叶わないのだろうか。

目頭が熱くなり、視界が潤んでいく。

「……捨てる必要はないでしょう。次から、気をつけていただければいい話です」

騎士は私から顔を背け、無愛想に述べた。彼なりに譲歩してくれたのだろう。

「……ありがとう」

「ですが、どうかお忘れなく。あなたのすべてを頂戴するのは、彼ではなく僕ですから」

吐き捨てるように告げて、彼は部屋から出ていった。

きっと、扉の外で私を守っているのだろう。どんな鍵よりも、彼こそが私の鳥籠を固く閉ざす鎖そのものだった。

軽く開かれた窓の外から、薄紅色の花びらが迷い込んでくる。床に落ちたそれを一枚拾い上げ、薄絹越しの陽の光にかざした。

あらゆる呪いを解くという言い伝えのあるこの花が、私を取り巻くこの鎖も解いてくれたらいいのに。

……そうしたら私、正々堂々とあなたに恋をするわ。

夏の風のような瞳を持つ、誰より愛おしい、あなたに。

◇

ぼろぼろと涙を流しながら目を覚ます。

また、何も覚えていないのに、薄紅色の花びらの姿だけが眼裏にこびりついていた。

こんなにも繰り返されると、もはや苛立ちすら覚え始める。綺麗な色をしているが、泣くほどの悪夢の象徴かと思うと、愛おしいとは思えない。

天蓋から下ろされた薄いレースのカーテンの中で、大きく溜息をつく。その拍子に、さらりと薄紅色の髪が肩から流れ落ちた。

……クラウスは、この髪色を気に入っているみたいだったわね。

ついこの間の夜会で、ふたりきりで毛布にくるまったことを思い出す。

今にして思えば大胆な触れあいをしてしまった。思い出すたび、気恥ずかしさに頬が熱くなる毎日だ。

まもなくしてローラが寝台のそばへやって来たので、いつも通りの朝の支度が始まった。黒のレースで花をかたどったようなリボンが胸もとに飾られた、重厚なドレスだ。

髪も緩く結い上げてもらい、軽く化粧を施せば支度の完了だ。

「……近ごろのお兄さまの『目覚めの食事』はどう？　侍女のみんなは、元気に過ごしているかしら」

お兄さま付きの侍女は今にも倒れそうだという報告をローラから聞いていただけに、気にかかっていた。問いかけを受けたローラは、慎ましく頭を下げる。

「おかげさまで、以前の状態に戻ったようです。ありがとうございました」

「いいのよ……よかったわ」

わずかに微笑んでローラを見つめれば、彼女はまだ何か言いたそうにしていた。軽く小首を傾げて続きを促すと、どこか言いづらそうに口を開く。

「お嬢さま……今日の朝食の席で、何かお話があるそうです。私も詳しくは存じ上げませんが、ノアさまにまつわることだとか……」

「お兄さまに……？」

どくん、と心臓が跳ね上がる。嫌な予感が胸をざわつかせた。

思わず、ぎゅう、とドレスの胸もとを握りしめる。

「お嬢さま……」

案ずるようなローラの声に、無理やり口角を上げる。ここで怯んでいても仕方がない。

「大丈夫……食堂へ行きましょう」

ローラに促されるより早く立ち上がり、廊下へ繋がる扉へ向かう。

一歩一歩が、まるで足に鎖がついているかのように重たかった。

「婚、約……ですか？」

クロウ伯爵邸の薄暗い食堂の中、ついに、私の胸をざわつかせていた話が始まった。食事の初めから落ち着かない気持ちで、料理の味などまるでわからなかったが、さらに感覚が遠ざかっていくような気がした。

「そうだよ、フィーネ。ユリス侯爵家から僕に正式に縁談が来た。……僕はそれを、受けようと思っている」

払いきれない翳りを宿した瞳で、お兄さまは笑った。お父さまとお母さまはお兄さまの決断を歓迎しているようで、ふたりの纏う空気はいつにも増して穏やかだ。

「ユリス、侯爵令嬢と……」

ぐ、と息が詰まる。

待ち望んでいたことのはずなのに、いざ現実を突きつけられるとどうしたって動揺を隠しきれない。心臓をぎゅっと握られたような感覚を覚える。

「……これで、君は晴れて僕から解放されるね。よかったね、フィーネ」

「解放、だなんて……」

お兄さまのひと言ひと言が、突き刺さるように胸を抉った。

心が、だらだらと血を流し続けている。

これでいい、これが、望ましいはずなのに、晴れやかな気持ちとは程遠かった。

思わず、お兄さまの視線から逃れるように俯く。気づけば指先が細かく震えていた。

「――ご婚約……おめでとうございます、お兄さま。……どうか、ユリス侯爵令嬢とすてきなご家庭を築いてくださいませ」

声が震えていたことを除けば、妹としての、模範解答と言えるだろう。

だが、その言葉を受けたお兄さまの瞳の翳りがいっそう増したのを見て、お兄さまの溺愛する「フィーネ」としてはいちばん言ってはいけない言葉だったのだと悟った。

胸が、引き裂かれるように痛い。どくどくと早まった脈はすこしも落ち着く気配を見せなかった。

「……申し訳ありません、すこし、体調が優れませんので……失礼いたします」

お兄さまの顔はもう、見られなかった。顔を上げなくても、張り詰めた空気感は痛いほどに伝わってきてもう限界だ。

お父さまもお母さまも引き留めることはしなかった。ふたりが、私とお兄さまの関係のどこまでを察しているのかはわからないが、お兄さまの縁談話が私に衝撃を与えたことくらいは容易に想像がつくのだろう。

私室に向かう廊下は、俯きながら歩いた。心が、しびれたように動かない。

花の装飾が施された私室の扉を開けば、私の部屋の整理をしていたらしいローラが戸惑ったような表情を浮かべた。慌てて駆け寄ってくる彼女の足音をどこか遠い世界の音のように聞きながら、寝台にそっと腰かける。

「お嬢さま……お話が、あったのですね？」

心配そうなローラの声に、思わず自嘲気味な笑みを浮かべる。

「お兄さまの婚約者が決まったわ。お相手は、ユリス侯爵家のミシェルさまよ。本当に……おめでたいことね」

これでいいはずだった。覚悟も決めていたというのに、どうして心はこうも思い通りにならないのだろう。心に重くのしかかっていたものが、埋められない穴に変わったような気がした。

「お嬢さま……その……私、何と言ってよいか……」

ローラは恐らく、私とお兄さまの関係性をいちばん的確に察している存在だった。だからこその戸惑いなのだろうが、今だけは腫れ物に触るようなその言葉が余計に心の傷を抉るようでならない。

悲痛なローラの声を聞き流しながら、ぼんやりと窓を見つめた。

薄いカーテン越しにも、外がどんよりと曇っていることがわかる。今にも雨が降り出しそうな天気だった。

「……出かける支度をして」

「お出かけ……でございますか？　ですが、今日はクラウスさまが――」

「――いいから、支度をして。静かなところへ行きたいの」

「……かしこまりました、お嬢さま」

有無を言わせぬ私の態度に屈するかたちで、ローラは早速外出の支度を始めた。

ドレスの色も装飾品もどうでもいい。身軽なままに、どこか静かなところへ逃げ出したかった。

雨が降りしきっている。

ローラに無理を言って飛び出した先は、王都のはずれにある湖だった。

晴れている日は身分を問わず大勢の人が訪れる人気の場所だというが、今日のような雨の日には人影ひとつ見当たらなかった。

「曇りならまだしも……雨が降ってしまって残念でしたね」

馬車の中で向かい側に座ったローラが、無理やり取ってつけたような笑みを浮かべて告げる。私が、いつにも増して口数がすくなくなっているせいだろう。

「このまま帰るのもなんですから、焼き菓子が評判のお店に寄って帰るのはいかがでしょう？　気分転換に、仕立て屋を訪ねて新しいドレスを作るのもいいですね」

私を励ますべく、ローラはあれこれと提案してくれた。彼女の優しさにわずかに頬を緩ませながらも、ゆっくりと首を横に振る。

「……すこし、湖を歩いてくるわ。あなたは御者と一緒に馬車の中で休んでいて」

「そんな……お風邪を召されてしまいます」

「いいの……ひとりにして」

私の感傷に、ローラまで付きあわせるわけにはいかない。

彼女の制止を振りきって馬車から降り、ぬかるんだ道を歩き始めた。雨粒が全身に染みわたって、黒のドレスが瞬く間にさらに深い闇色に染まっていく。

湖のほとりまで足を進めたところで、いちどだけ深呼吸をした。

雨の匂いが、私から血の臭いもお兄さまの香りもかき消していくようだ。

雨粒の跳ねる水面を眺めていると、ふと、雨粒よりも温かい何かが頬を伝うのがわかった。つん、と鼻の奥が痛くなる。

「……お兄、さま」

お兄さまとユリス侯爵令嬢の婚約は、私とお兄さまの歪んだ関係の終止符なのだろう。

ひょっとすると、私がクラウスと婚約したことがお兄さまの決断を後押ししたのかもしれない。

……それなのに、どうしてこんなに虚しいの。

お兄さまと私を繋ぐ見えない鎖が解けたら、自由になれると思っていた。どこへでも羽ばたいていけるのだと信じていた。

けれど、鎖を断ち切られて私は迷子になってしまった。鎖を頼りに暗い道を歩き続けてきたのに、もう、どこへ進めばいいのかわからない。

濡れた重みで結い上げた髪が解けて、じっとりと肌に張りついていく。不快だったが、かき上げる気にもならない。むしろこの重みと冷たさが、今の私にはちょうどよかった。

……暗いわ。

ひとりきりでは、立ち止まったまま足を踏み出せない。私はやっぱり、弱い吸血鬼だった。

もう、何も見たくないような気になって、両手で顔を覆い俯く。視界が暗闇に包まれると、雨音が研ぎ澄まされるようだった。

体が限界を迎えるまでこうしていたい。今は、温かな場所も、穏やかな時間もいらなかった。優しさは、今の私には毒のようだ。

どれくらい、そうしていただろう。

雨音と自分の心臓の音の区別がつかなくなってきたころ、その声は突然降ってきた。

人を小馬鹿にするような愉悦のまじった声に、はっと顔を上げる。

「ひどい有様だな」

幻聴かと思ったが、どうやら違うらしい。

「……クラウス？」

私に影を落とすほど近くに、彼は立っていた。

顔を覆って泣き続けていたせいで、彼の訪れに気づけなかった。いつのまにそばにいたのだろう。

「どうして……こんなところに」

「どうしても何も、今日、絵を見に来るという約束を忘れたのか？　伯爵邸に行ったら出かけたというから、追いかけてきたんだ」

だとしても、彼まで雨に濡れなくともよかったはずだ。

私が到着したころよりは多少雨足が弱まっているとはいえ、こんな雨の中迎えに来るなんて、どうかしている。

「……こんなところにいたら、また寒くなってしまうわ」

凍えるように身を震わせていた彼を思い出して、罪悪感が芽生える。

「……たまには、雨に打たれるのも悪くないと思っただけだ」

どこか無愛想にそれだけ告げると、彼は恐る恐るといった手つきで私の腰に手を伸ば

天才薬師と
美しき魔王が織りなす、
運命の溺愛ロマンス。
『薬師と魔王（上） 永遠の眷恋に咲く』
著者／優月アカネ　イラスト／白谷ゆう
毎月25日頃発売
メディアワークス文庫
HeadLine
Volume.
154
2022.09.22
https://mwbunko.com
メディアワークス文庫公式ツイッター@mwbunko

コミカライズも大人気！
妖怪御曹司×仕事一筋女子が紡ぐ、
お宿奮闘記！
百鬼夜行とご縁組
～契約夫婦と永遠の契り～
やかし
ときめき
楽しい
マサト真希（まき）
イラスト／宵マチ
●定価803円（税込）
太白に届いた父・長庚の片腕。原因不明の体調不良で倒れたあやね。青葉グランドホテルに啓明の魔の手が迫る中、高階家の知られざる過去が明かされていき――。数多の妖怪たちを巻き込んだ啓明との戦い、ついに決着！
百鬼夜行とご縁組
契約夫婦と永遠の契り
マサト真希

メディアワークス文庫　9月の新刊

“魔王”と呼ばれるその方は、
陽だまりのような人だった――。
薬師と魔王（上）
永遠の眷恋に咲く
恋愛
ときめき
楽しい
受賞作
優月アカネ
イラスト／白谷ゆう
●定価770円（税込）
異世界に迷い込んだ佐藤星奈は、薬師として生活していたある日、美しい男性と出会う。強い魔力を持っていながら病弱な彼は、魔王デルマティティディス。薬師としての能力を見込まれた彼女は逢瀬を重ねるうちに――。「魔法のiらんど大賞2021」小説大賞《特別賞》受賞作。
薬師と魔王
永遠の眷恋に咲く
上
優月アカネ
メディアワークス文庫

し、ゆっくりと抱き上げた。まるで、触れたら壊れるとでも思っているような仕草だ。

……私が泣いていると、わかったのかしら。

だから、こんなふうに気遣ってくれるのだろうか。心が凍りついたように動かないせいか、愛想笑いすら浮かべられない。かわりにそっと指先で彼の頰に触れた。

「……あなたって、本当は結構優しいのね」

至近距離で彼の瞳を見下ろす。私の髪から滴った雨粒が、彼の頰を濡らしていた。

「優しいわけないだろ。今もお前を殺そうとしているかもしれないのに、馬鹿なやつだ」

物騒な言葉とは裏腹に、彼は私の首の後ろに手を回し、いっそう私を密着させた。まるで幼子を抱き上げているかのようだ。

「とにかく、風邪を引く前に公爵邸に移動するぞ。まずお前がすべきことは湯浴みだ」

クラウスは私を抱きかかえたまま、くるりと踵を返した。私を密着させたのは、揺れないようにするための気遣いだったのだとあとから気づく。

馬車を止めたあたりまで戻ると、伯爵家の馬車ではなくエイベル公爵家の家紋がついた立派な馬車が止まっていた。

「伯爵家の馬車には侍女を乗せて先に公爵邸に向かわせた。お前は、このままこれに乗っていけ」

彼は迷わずその馬車に私を押し込むと、彼がいつも纏っている神官の外套を私の体に巻きつけた。一生身に纏うことはないだろうと思っていた服に、こんなかたちで触れることになろうとは。

「……外套まで濡れちゃうわ」

「構わない。すこしは寒さを凌げるだろう」

「……あなたも濡れているのに」

「俺はそれほど長く雨に打たれたわけじゃない」

相変わらず、無愛想な返事ばかり返すひとだ。だがそれを、不思議と心地よく感じている私がいた。

がたん、と音を立てて馬車が動き出す。小さく揺れる馬車の中で、彼の不器用な親切に包まれたまま、馬車の窓に打ちつける雨をぼんやりと眺めた。

お互い、ろくに言葉も交わさなかった。

その静けさに導かれるようにまぶたを閉じれば、涙とも雨粒とも知れぬ雫がひとつ、横顔を伝い落ちていった。

エイベル公爵邸に到着するなり、流れるように浴室へ案内され、公爵邸の侍女たちに温かなお湯で丹念に体を洗われた。ローラや御者にもお湯が与えられたらしく、思いがけないクラウスの心配りにじわりと胸が熱くなる。

先に入浴を終えたらしいローラが、公爵邸の侍女のお仕着せを着て私の支度を整えるべくやって来た。灰色の髪はまだ湿っているのか、緩く一本にまとめるだけになっている。

ローラは清潔な布を押し当てるように、薄紅色の髪から水分を吸い取っていく。こうして下ろしているとふわふわと波打ってしまうので、外に出るときには結い上げるようにしているが、完全に乾ききるまではそれも難しいかもしれない。

「こうして下ろしているのもお可愛らしいですよ。ほら、クラウスさまが用意してくださったドレスにもよく似合いそうです」

そう言ってローラが指し示したのは、落ち着いた赤とあやめ色の中間のような、美しいドレスだった。決して派手ではないのだが、胸もとや腰回りにはレースを幾重にも重ねたリボンが縫いつけられている。ドレスの生地には、よく見れば同じ色の糸で細やかな花模様が刺繍されていた。花模様の刺繍の中には金糸や銀糸がまじっており、光の加減によってドレス自体がきらきらと煌めくような仕上がりになっていた。綿密な計算のもと、金糸や銀糸が配置されていることは明らかだ。

「きれいね……」

うまく心が動かないままでも、見惚れてしまうほどの品だった。誰が見ても、手の込んでいる一級品だとわかる代物だ。

伯爵邸では常に黒のドレスを纏っているし、夜会に出かけるときも紺系統のドレスばかりだから、こんなに華やかな色は、私からしてみれば新鮮だった。

まさに私くらいの年ごろの令嬢にぴったりなドレスだが、どうしてそんなものが公爵邸にあるのだろう。

……ひょっとして、クラウスの『大切なひと』に贈るために仕立てていたのかしら。

彼がどのくらいの時期にそのひとを失ったのかわからないが、可能性は十分にある。流行に左右されない素晴らしい逸品であるだけに、いつか贈るために準備していたのかもしれない。

「……ありがたいけれど、こんなすてきなものは着られないわ。服はお仕着せでもなんでもいいのよ。代わりのものを探してくれる？」

「いけません。こちらをお召しになって、書斎へいらっしゃるようにと申しつけられております」

「……クラウスがそう言ったの？」

「はい。……クラウスさまは、お優しいお方ですね」

ローラは微笑ましいものを見たと言わんばかりに表情を和らげる。

すこし前の私なら、彼女のその言葉を否定していたかもしれないが、今は反論できない。彼はいじわるだけれども、時折、憎い相手に見せるとは思えないほど優しい笑い方をする。

「それじゃあ……それを着せてくれる？」

「はい、すぐにお支度いたします」

ローラや公爵邸の侍女に手伝われながら、慣れないドレスに袖を通す。まるで知らない自分に書き換えられていくような感覚だったが、やっぱり不思議と不快ではなかった。

公爵邸の侍女の案内で、クラウスが待つという書斎に向かう。美しいドレスを纏っているせいか、行き交う使用人たちの視線を必要以上に集めている気がしてならない。洗ったばかりの髪は、結局下ろしたままだ。結い上げているときよりも何歳か幼く見えるような気がしてためらわれたが、完全に乾ききったわけではないからいつものようにまとめるわけにもいかない。

……また、クラウスに馬鹿にされそうだわ。

彼の小馬鹿にするような笑みを思い浮かべ、ふ、と頬を緩める。

彼のいじわるが、いつのまにか不快なだけに思えなくなっている。彼の優しさに触れてしまったせいだろう。

書斎には、すぐに辿り着いた。彼はどうやら、小さな図書館のような続き部屋のほうで待っているらしい。

侍女が、私の代わりに続き部屋へ繋がる扉を叩いた。彼の返事を待って、重厚な扉がゆっくりと開かれていく。

外は雨が降り続いていて薄暗いせいか、小さな図書館の中にはすでに燭台の明かりが灯されていた。雨空の翳りと蠟燭の炎がまじりあって、独特の風情を漂わせている。

クラウスは、この間公爵を交えて三人でお茶をしたテーブルについていた。白いテーブルクロスの上には、まだ中身の注がれていないティーセットが用意されている。

彼も着替えたようで、気楽な白いシャツとベスト姿だった。本を閉じるのが惜しいのか、こちらを見やる気配はない。軽く俯いた拍子にまだ乾ききっていない黒髪が揺れて、清廉さの中に色気がにじむようだった。

「来たか」

おずおずと近づいたのを機に、彼は顔を上げる。テーブルを挟む位置で、彼と向かいあった。

「……っ」

珍しく彼が、大袈裟に息を吞む。

それが何を意味するのかわからず、ますます顔を俯かせてしまう。

私にはやはり、似合わない色だったかもしれない。

がたん、と慌ただしく椅子を引くような音がしたかと思えば、彼が近づいてくる気配があった。足もとに彼の影がかかったのを見て、恐る恐る顔を上げる。

「……その、よく似合っている」

彼はわずかに視線を背けて、ぽつりと呟いた。彼らしからぬ素直な褒め言葉に、凍りついていた心がほんのすこしほどけるような気がした。

「ありがとう。とてもすばらしいドレスだわ。でも……私が着てもよかったの？」

「気に入ったなら、持って帰ればいい」

「え……？」

「舞踏会の夜の礼だ。……前々から、お前にはもっと華やかな色が似合うと思っていた」

彼は顔を背けたままそれだけ告げて、再び席に戻ってしまった。

「あの、ドレス、ありがとう……大切にするわ」

「礼だと言ったはずだ。気にする必要はない」

そのまま座るよう促され、テーブルを挟んで彼と向かいあう位置で私も席についた。美しいドレスのせいか、はたまた珍しく素直な褒め言葉をもらったせいか、まるで初めて会ったふたりのように互いにぎこちなく視線を逸らしあう。

……変なの。なんだか、くすぐったい感じがするわ。

侍女たちが手際よくお茶とお菓子の準備をしている間も、うまく話せなかった。

今日のお茶も、クロウ伯爵家で飲んでいるものと同じ、あの茶葉で入れたもののようだ。私とクラウスの好物だった。

柑橘系の香りを楽しみながら、温かな紅茶をこくりと飲み込む。体の芯から、心地よい熱がじわりと広がっていった。

「俺が幼いころに描いた絵の件だが、今、埃を落としているところなんだ。それまで、ここで本でも読んで暇を潰してくれ」

公爵邸の膨大な蔵書を見てからというもの、興味を引かれていたのは確かだった。

……でも、本を読む気になれるかしら。

心はまだどこか、浮かないままだ。それでも紅茶をまたすこし飲み込んで、小さく頷く。

「わかったわ。……ありがとう」

見て回るだけでも、気が紛れるかもしれない。そう思い、お茶を飲み終えるなり早速壁際の本棚に近づいた。

……本当に、たくさんあるわ。

高いところにある本は、梯子を使って取るのだろう。ぎっちりと壁を埋め尽くすように並んだ本を、クラウスは全部読み通したというのだから驚きだ。

ぼんやりとした心地で、本棚の前に立ち尽くす。表紙の文字がすべって、よく頭に入ってこなかった。

「そんなところに突っ立ってどうしたんだ？　取れない本でもあったか？」

別の本棚を見に行っていたはずのクラウスが、いつのまにか背後に迫っていた。彼の気にかかるくらい長い間、ぼんやりと立っていたのかもしれない。

「あ……何か、あなたのおすすめはある？　それを読みたいわ」

半身で振り返りながら、ぎこちなく微笑みを取り繕って問いかける。クラウスは本を見上げながら問い返してきた。

「面白いものはいろいろある。どんな本が読みたいんだ？」

「どんな、本……」

問われて初めて気がついた。思えば私は、何かを選ぶということをあまりしたことがない。

「どうやって選べばいいのか、よくわからないわ……」

「じゃあ今までどうやって本を読んできたんだ？」

「自分で選んだことはないの。ぜんぶ……お兄さまが用意してくださっていたから」

またしてもお兄さまのことを思い出してしまい、胸が締めつけられるようだった。

「……ぜんぶって、本だけじゃないのか？」

クラウスの声が翳る。否定できず、ただ黙り込むしかなかった。

彼の言う通りだ。意識したことはなかったが、本も、ドレスも、刺繍も、すべてお兄さまが与えてくれたものしか知らない。

……私って、自分が思っているよりもずっと強くお兄さまに依存して生きてきたのね。

「異常な束縛だ」

「そんなことないわ……。私に主体性がないから、面倒を見てくれていただけよ」

笑うように否定しながらクラウスの顔を見上げる。彼は、痛々しいものを見るように私を見つめていた。

「お前に主体性がないわけない。流されるだけの人間なら、あの夜、俺を襲えなかっただろうし、俺にお前を殺すよう仕向けることもできなかったはずだ」

物騒なできごとばかり思い起こされるが、不思議と励まされているような気がした。

ふ、とわずかに頬が緩む。

「……そうね、そういう意味では、あなたとの契約は私の初めての選択と言えるのかもしれないわ」

……そう、私は私の意志で、クラウスと偽りの婚約を結ぶことを選んだのよ。

そう思うと、この関係性がまたすこし、特別なものに思えてならなかった。

どちらかの死で終止符を打たれる脆い繋がりだというのに、これ以上価値を見出してどうするのだろう。

「それならその調子で本も選んでみろ。……すくなくとも、身を売るような契約を結ぶよりはずっと簡単だぞ」

からかうような声だったが、馬鹿にされているとは感じなかった。むしろ、私が纏う重苦しい雰囲気を打ち払おうとしているかのような明るさを感じる。

「ふふ、そんな契約を持ち出したのは誰だったかしら」

私も軽口を叩いて、クラウスを見つめた。ほんのわずかに、頰を緩めながら。

それに応えるように、彼もふっと笑みを浮かべる。

「……こっちに来い。選ぶのを手伝ってやる」

「……ええ」

差し出された手にそっと手を重ねれば、指先だけを絡めるように握り込まれる。

控えめな触れあいをくすぐったく思いながら、彼に導かれるようにして本の海に飛び込んだ。

それから、彼のわかりやすい助言をもとに何冊か本を選んだ私は、図書館の中のソファーで読書に耽（ふけ）っていた。自分で選んだ本だからか、余計に面白く感じる。

彼もまた、私の隣で新しく手に入れたという本の山に向きあっていた。黙々と読み進める横顔は真剣そのもので、いつもとは違う表情に視線を奪われてしまう。本に夢中になっている様は、どこか可愛らしくもあった。

……本当に、本が好きなのね。

思わず頬を緩めながら、頁をめくる。あっという間に、最後の頁になってしまった。

……面白かったわ。

異国のお伽話を集めた本は、幸せな結末ばかりで、荒んだ心がすこし癒された。ぱたり、と本を閉じながら、テーブルの上に積み重なった本の山を見つめる。

その中に、草花を模した美しい刺繍が施された表紙を見つけ、そっと手に取った。抱えるほどに大きなその本は、どうやら植物図鑑のようだった。クラウスは本当になんでも読むらしい。

気になったものがあれば自由に手にしていいと言われていたので、遠慮なくぱらぱらと頁を捲ってみた。

図鑑の中身は、美しい草花の絵とともに何行かの文章で解説がついているもので、庭に咲いているような花についても事細かに記されていた。どのあたりで見られる花なのかも詳しく書かれている。

見たことはあっても名前は知らなかった花々を中心に興味深く眺めていると、ふと、小指の爪ほどの花びらについて描かれている項目があることに気がついた。

……これ、は。

どくどくと心臓が早鐘を打ち始める。

それは、悪夢のように毎晩見るあの薄紅色の花びらとよく似ていた。

「クラウス、これ……」

読書中は話しかけないようにしようと思っていたが、とてもひとりで収めていられない。

「なんだ？」

彼はすぐに顔を上げ、私を見た。

「あのね……ここに、あの花に似た植物について書かれているの」

彼によく見えるよう、図鑑を傾ける。クラウスはすぐに視線を図鑑に向け、澄んだ空色の瞳で文字をなぞった。

「――亡国メルヴィルの、幻の花……？」

かいつまんだ情報しか書いていなかったが、筆者はどうやらその花を亡国メルヴィルへ旅したときに見かけたらしい。どのような形態で咲くのかもわからないが、爪ほどの大きさで、薄紅色が特徴的な、美しい花だったという。

「亡国メルヴィルの王城にしか咲かない、特別な花……か」

お互いに、言葉もなく図鑑に視線を落とす。

これが、私たちが訳もわからないままに涙を流したあの不思議な現象を紐解く鍵になるのは間違いなかった。

クラウスはベストからロケットを取り出すと、ゆっくりと蓋を開けて中に閉じ込められている花びらを取り出した。図鑑に記されているものと見比べると、形はとてもよく似ている。

「あなたが持っているその花……よく色褪せないわね」

「何年経っても、変わらないままなんだ……。亡国メルヴィルにまつわる花なら、人智の及ばないものであってもおかしくはないしな」

亡国メルヴィルは、謎に包まれた国だった。王国レヴァインに隣接しているが、大きな川で隔たれており、一年のほとんどが濃い霧に包まれているためその全貌は誰も見たことがないという。国の規模としては小国と呼ぶくらいのものなのだが、八年前に滅びるまでは王国レヴァインや帝国ベルニエに負けず劣らずの国力を持っていたらしい。

それほどに栄えていた理由は定かではないが、彼の国にはいくつもの吸血鬼一族が暮らしていたという話は聞いたことがある。他国の人間がおいそれと入国できないような国であったことは確かだ。

そんな神秘のベールに覆われた国であるために、亡国メルヴィルにまつわる書物は極端にすくないのだ。

あの薄紅色の花びらが亡国に関わるものだという情報を摑めたまではよかったが、この先調べを進めるのは苦労するだろう。まず、一般に流通しているような本で有用な情報を得られるとは思えない。

「……亡国メルヴィルについては、父にも聞いてみよう。神殿関係者として、何か知っていることがあるかもしれない」

クラウスも私と同じ考えに至ったのか、彼のほうからそう提案してくれた。

「助かるわ。……ありがとう、クラウス」

軽く頰を緩め、感謝の言葉を口にしたそのとき、窓の外がぱっと明るくなった。

わずかな遅れののち、雷鳴が轟く。治まりかけていたと思われていた雨は、いつのまにか嵐と言っても過言ではないほどに激しくなっていた。

雷が怖いわけではないのだが、気づけば反射的にクラウスの腕を摑んでいた。彼の視線を感じて、はっとして手を離す。

「あ……ごめんなさい。驚いたみたい」

「別にいい。それより……今日はここに泊まっていけ。この荒れようじゃ、帰るのは無理だろう」

クラウスの提案はもっともだ。私が無理に帰ることを主張して、困るのは御者やローラなのだから。

「……そう、ね。それじゃあ……お言葉に甘えることにするわ。……実を言うと、今日はあんまり伯爵邸に戻りたくなかったの」

「ノア絡みの事情か？」

鋭い指摘に、わずかに視線を伏せて沈黙を貫いた。この態度こそが、何よりの返答になっているだろう。

「あんな雨に打たれにいくほど、つらいことがあったのか？」

問いかける彼の声には、私を案じるような色がにじんでいた。

お兄さまにまつわることならば、いつも残虐な笑みを浮かべて尋問してきたというのに、彼もずいぶん変わったものだ。

「……お兄さまの、婚約が決まったの。かねてから候補として上がっていた、帝国ベルニエのユリス侯爵令嬢とね」

隠していてもいずれわかる話だ。半ば自棄のように、自嘲気味な笑みを浮かべる。

「……お前と、あいつの関係についてお前の口から聞きたい。なぜ兄の婚約でそこまでつらい顔をする？　……本当に、恋仲だったのか？」

それは、かつてのような下世話な探りかたではなく、私の痛みに寄り添おうとして紡がれた問いなのだとわかった。どうやら彼は私のことを心配してくれているらしい。

「そう、ね……なんと表現すればいいのかよくわからないの。何から話せばいいのかしら……」


思いつくのは、どうしたってお兄さまの瞳の色が変わってしまったあの日のことだ。

窓に打ちつける雨音に耳を澄ませながら、左手の薬指を見下ろす。

私とお兄さまの間にある、見えない鎖が繋がっていた場所だ。

……話してしまえば、すこしは心が軽くなるのかしら。

胸がざわつくような感覚を覚えながらも、静かに決意を固める。

私は、彼に伝えるべきなのだろう。私とお兄さまの間にある、見えない鎖の話を。

ぽつぽつと、雨音と声が同調するように響く。クラウスはいつになく真剣な表情で、静かに私の話に耳を傾けていた。

それは、遡ること七年前、私がまだ十一歳、お兄さまが十五歳になろうかという夏の話だった。

◇

「う……ごめんなさい、ローラ……」

寝台の縁に座りながら、ローラの手首から血をもらう。

物心がついたころから吸血がうまくない私は、その日もお兄さまの監視のもとで「目覚めの食事」をしていた。

「ちゃんと、五口ぶん飲まなければ部屋からは出さない、フィーネ」

本を片手に、白銀の髪の少年が退屈そうに告げる。

このころのお兄さまは、はっきり言って優しくはなかった。いつでもそばにいてくれたけれど、どこか義務的で、「目覚めの食事」がうまくできないたびに叱られてしまったものだ。

それは、私がかつて「目覚めの食事」を嫌がった結果、死の淵を彷徨う羽目になったからという理由もあるのかもしれない。

後遺症で幼少期の記憶まで失ったせいで、このころの私はすこし不安定だった。朧げな記憶の中に、確かなものは何ひとつない。私にとっては、お兄さまから教えられることがすべてだった。

「……ごめんなさい、お兄さま」

しょんぼりとしながら、差し出されたローラの手首に再び口をつける。

ローラはよくできた侍女で、このころから「目覚めの食事」の最中も微笑みを崩すことはなかったが、それでも痛みを感じたときにはびくりと体を震わせていた。

……ごめんなさい、ローラ。ごめんなさい。

罪悪感に胸が押しつぶされていく。俯きながらむせていると、ふっと視界に影がかかるのがわかった。

いつのまにか、お兄さまが私の目前に迫っていた。彼はいつも気配なく近づいてくるからすこし怖かった。

「人間相手に、罪悪感なんて覚えなくていい。つまらない感情に囚われて、君の貴重な時間を無駄にするのはよくない。……前も同じことを言ったはずだよね？」

叱るような口調に、ますます体を縮めてしまった。

お兄さまの言うことには従いたいと思うけれど、ローラの痛みを無視することはどうしてもできなかった。

……お兄さまはすこし、冷たいわ。

でもそれが、吸血鬼らしいということなのかもしれない。

どれだけそっけなくされても、誰よりも吸血鬼らしいお兄さまに私は憧れていた。お兄さまのようになりたくて、吸血鬼らしくあろうと努力していた。

吸血鬼としての心のあり方や、「目覚めの食事」についてお兄さまに教わる日々の中で、私はあるとき、書物で吸血鬼の特徴というものを知った。

――吸血鬼はたいていの場合は深紅の瞳を持ち、髪の色はさまざまであるものの、白銀に近ければ近いほど吸血鬼の形質が濃い証である。

それほど分厚い書物でもなく、吸血鬼の容姿について書かれていたのは、たったそれだけだった。

だが、この一文は私の不安を煽るには充分だった。

なにせ、お父さまもお母さまもお兄さまも、みんな深紅やそれに近い瞳であるのに、私だけはあやめ色の瞳だったからだ。

それに気づいてしまった日から、私は鏡を見るたび密(ひそ)かに涙を流す毎日を過ごしていた。

……やっぱり、私はできそこないなのだわ。

ぼろぼろと涙を流しながら、吸血鬼について書かれた書物を抱きしめて、心の中で何度も嘆いた。

生まれ持った瞳の色は変えられない。それはつまり、私は一生吸血鬼として一人前になれない証のように思えてならなかった。

「こんな……こんな、中途半端な色の瞳なんていらないわ」

泣き腫らした目をこすりながら、自分の瞳を呪った。

「お嬢さま……どうかおやめください。目もとを痛めてしまいます」

ソファーに腰掛けた私の前に跪いて、ローラは懇願した。幼馴染にここまで言われても、劣等感が和らぐことはない。

「……このところ目を赤くしていたのは、そのせいか、フィーネ」

音もなく、お兄さまがいつのまにかローラのそばに立っていた。

彼を見上げた拍子に、涙が頬を滑り落ちていく。

お兄さまはその涙を追うように、私の頬を指先で拭うと、冷たい深紅の瞳でじっとこちらを見下ろしていた。くだらない、と一蹴されるのかもしれない。

「お兄さまには……わかりませんわ。お父さまやお母さまと同じ、赤い目をお持ちのお兄さまには……」

劣等感とともに、唇を嚙みしめる。

私だけが、みんなと違う。吸血鬼らしい特徴のない、落ちこぼれ。

この苦しさは、絶対にお兄さまにはわからないだろう。

「……フィーネは僕の目が、気に食わないのか」

ぶっきらぼうな物言いに、彼が何を思っているのかまるで読めなかった。

泣いたあとの昂(たかぶ)った気持ちのままに、思わずぶつけるように言い放つ。

「お兄さまも……私と同じ色のお目目だったらよかったのに」

そうしたら、お兄さまにもっと親しみを感じられたかもしれないのに。

だがそれは、不可能だとわかっていたから言えた言葉だった。

ごしごしと涙を強く拭い、俯くように視線を逸らす。きっと、叱られるに違いない。

「……君の気持ちはよくわかった」

相変わらず感情の読めない声で、お兄さまはそれだけ答えた。

お兄さまの表情を窺うべく恐る恐る顔を上げたときには、彼はすでに寝室の扉の方へ向かっていた。

それ以上の言葉もなく去っていくお兄さまを、黙って見送る。

お兄さまに、到底叶わないわがままを言って困らせてしまった。あとに残された気まずい沈黙は、彼に見放された証のような気もして、ますます心が締めつけられたのだった。

事が動いたのは、その翌日のことだ。

昨日の朝の会話以降、お兄さまとは言葉を交わしていなかった。彼が私に怒っていることは明白で、なんとか謝罪をする機会がないか探っていたのだが、彼の姿を探し回っているうちに丸一日が経ってしまったのだ。

「ノアさまは、どうやら昨日はお出かけになっていたようです。今日はお屋敷にいらっしゃるそうですから、会いに行ってみてはいかがですか？」

ローラの励ますような言葉に背中を押され、私は勇気を振り絞ってお兄さまの部屋へ赴いたのだ。

このころは、お兄さまの部屋に入ることはほとんどなかったので、どうしたって緊張してしまった。

いちどだけ深呼吸をしてから、意を決して扉を叩く。私に厳しいお兄さまだが、無視されたことはいちどもない。

だが、その日はノックをしても返事がなかった。

それだけ、昨日のことを怒っているのかもしれない。ますます萎縮するような気持ちを覚えながらも、迷った末に取手に手をかける。

鍵がかけられていたらおしまいだと思ったが、意外にも、扉はわずかに軋む音を立てながら開いた。

私の部屋よりもいっそう薄暗い、血の臭いのする整然とした部屋に足を踏み入れる。

「お兄さま……失礼いたします」

ソファーに、お兄さまの姿はなかった。まだ、眠っておられるのだろうか。

私より遅く起きたことのないお兄さまが珍しい。まさか、体調でも崩しているのでは、と不安になって続き部屋である寝室の扉も開ける。

「お兄さま……私です、フィーネです」

薄闇の中に呼びかければ、返事の代わりに呻き声のような音が聞こえてきた。

どくん、と心臓が跳ね上がる。本当に、具合が悪いのかもしれない。

「お兄さま⁉」

彼を呼びながら寝台の近くに駆け寄って、はっと息を飲む。

お兄さまは、右目を押さえてうずくまっていたのだ。

それも、痛みに耐えるように肩を震わせて。

「……お兄、さま？」

窺うようにお兄さまのそばに近づけば、そこでようやく彼は私が訪ねてきたことに気づいたようだった。

吸血鬼の形質が濃いために、人一倍気配に敏感なはずのお兄さまにしては、あまりに気づくのが遅かった。恐らくは、それくらいの激痛に苛まれていたのだ。

「フィー、ネ……」

呻くような痛々しい声で、お兄さまは私の名を呼んだ。

怪しげなまでに美しい顔には、無理やり取り繕ったような笑みが浮かんでいて、見ているこちらまで息苦しくなるようだ。

「お兄さま、いったい、どうなさったの……」

寝台のそばに置かれたテーブルには、毒々しい紫色の液体が入った小瓶が置かれていた。小瓶の周りにはぽたぽたと液体がこぼれていて、既にいくらか液体を取り出したあとだとわかる。

「お兄さま、これはなに……？」

世間知らずの私でも、その小瓶の中身が何かよくないものだということはわかった。そしてその液体が、右目を押さえるお兄さまの指先にも付着していることに気がついて、ますます脈拍が早まる。

「……お兄さま、右の目……どうなさったの」

「……なんでもない」

「いや……。お兄さま、目が痛むの？　見せて！」

かつてないほどの胸騒ぎに、呼吸までも荒くなる。彼の隣に腰掛けるようにして、両手を使ってお兄さまの手を無理やり右目から引き離した。

「っ……」

あらわになったお兄さまの右目を見て、絶句した。

右目の周りにはところどころ紫色の液体が付着していて何とも不気味な光景だったが、それ以上に、私はお兄さまの瞳に目を奪われていた。

「お兄、さま……この、色は……？」

美しい深紅だったはずのお兄さまの右の瞳は、赤とも紫ともとれる、夕暮れのような色に変わっていたのだ。それも、夕暮れとは言っても、まるでこの世のすべてを焼き尽くすかのような、不穏で陰鬱さを思わせる類のものだった。

「……元の赤色が濃すぎて、フィーネみたいなきれいなあやめ色にはならなかった」

お兄さまはどこか自嘲気味に笑って、長い睫毛を伏せた。

「あやめ色に……って、どうやって？」

震える声で、どうにか尋ねる。美しかったお兄さまの右目が、陰鬱な赤紫に変わってしまった様は、想像以上の衝撃を私に与えていた。

「亡国メルヴィルに伝わる、瞳の色を変えられる薬を使ったんだ」

お兄さまはテーブルの方へ視線を向けて笑った。小瓶には、まだ半分ほど紫色の液体が残っている。

「いたいの？　お兄さま……」

「すこしだけ。でも、このくらい耐えられる。……他ならぬ、フィーネの望みなんだから」

お兄さまはぞっとするほど美しい微笑みを浮かべて、私の目を射抜いた。

額にうっすらと浮かんだ汗からして、彼が相当な激痛に耐えたことは間違いない。

「わたしが……わたしが、あんなことを言ったから？」

……あんな、八つ当たりのようなわがままを叶えようとしてくださったの？

お兄さまは返事の代わりに、意味ありげな笑みを浮かべた。その笑みに、抱えきれぬ罪悪感と恐怖にも似た感情を覚える。

「どう、して……。どうしてお兄さまがそこまでするの。私のこと、好きじゃないでしょう……？」

私といるときの退屈そうな横顔といい、厳しい態度といい、落ちこぼれの私のことを疎ましく思っているのだと考えていた。

「好きじゃない？　僕が、君を？」

お兄さまは吐き捨てるように笑うと、私の顎に指を添え、無理やりに視線を合わせた。色の変わった右目を見るだけで、ひゅ、と息が詰まるような気がする。

「そうだったら、どんなに楽だっただろうね。君が、いっさい僕を見ないことが、どれだけ苦しかったか……君には絶対わからない」

お兄さまの手が、顎から肩へ移動し、揺さぶられるように摑まれた。

左右で色が違ってしまった彼の目には、私の知らない激情が浮かんでいて、返す言葉が見つからない。

彼の指先についた紫色の液体が、薄闇の中でぼんやりと光るようだった。きれいだ、と心のどこかで無神経な私が見惚れている。

「君が僕を見て笑ってくれるようになるのなら……何を失っても構わない。この目も、僕の心の在り方も、君の好きにしてくれていい。――ああ、優しいほうがいいんだっけ？　じゃあ今日から変えるよ。君は優しいだけのあいつが大好きなようだったから、こういうほうが好みなんだよね？」

畳みかけるような言い方に、ますます息が詰まる。お兄さまの言う「あいつ」が誰なのかもわからず、頭の中がぐちゃぐちゃになっていく。

「今、もう片方の目の色も変えるよ。すこし待っていて」

「だめ！　お兄さま――」

声を上げて止めようとしたとき、小瓶に伸ばしたお兄さまの手が空を切る。お兄さまはどこか煩わしそうに右目を押さえて、目の前を確かめるように左目を揺らした。

寝台とテーブルはそれほど離れてもいないのに、距離感を間違えたようなその様子にますます胸騒ぎがした。

「お兄、さま、まさか、右の目が見えていないんじゃ……」

「……完全に見えないわけじゃないよ。すこし、ぼんやりするだけだ」

そう笑って今度こそ小瓶を手にするお兄さまに、気づけば私は飛びついていた。

その拍子に、お兄さまの手から小瓶が滑り落ち、床に紫色の液体が広がっていく。

「やめて！　お兄さま……！　もうやめてください……！」

お兄さまに覆いかぶさるような姿勢で、必死に懇願する。

彼は張りつけたような微笑みを浮かべながら、私の顔を覗き込むように告げた。

「君が僕にまつわることでそんなに必死になるのは初めて見た。……悪くない気分だ」

お兄さまはそっと私の頬を撫で、慈しむように告げた。

こんな状況で、誰より美しい笑みを浮かべるお兄さまが怖くて仕方がない。瞳だけは鋭く私を射抜いていて、私は、許されない罪を犯したのだと思い知る。

「お兄、さま……」

この瞬間、私は初めてお兄さまの異常性に気がついた。気付くには、遅すぎたと言うべきかもしれないけれど。

「……ごめ、んなさい。ごめん、なさい……！」

お兄さまの膝の上で、ぼろぼろと泣きじゃくる。

あんな、八つ当たりのようなわがままを、どうして言ってしまったのだろう。こんなことを、望んでいたわけではなかった。

ただ、お兄さまに憧れて、すこしでも近づきたくて、思うようにいかないもどかしさを、あんなかたちでぶつけてしまったのだ。

取り返しのつかないことをしてしまったという深い後悔に、押しつぶされそうになる。

……こんなことをするほどに、お兄さまは、私を想ってくれているの？

とても、そうは思えなかった。すくなくとも、お兄さまが私に向ける感情が、彼の言うような「好き」なんていう可愛らしいものに収まっているとは到底思えない。色の変わった彼の瞳から伝わるのは、どこか歪んだ、執着にも近い激しい熱だった。

「……どうしてフィーネが謝るの？　僕はただ、君に笑ってほしかっただけなのに」

お兄さまは毒を帯びるように甘い微笑みを浮かべながら、泣きじゃくる私の頬を撫で、涙を拭った。

「だから、ほら……笑って、フィーネ」

頬に添えられた彼の手が、わずかに肌に爪を立てる。

「——笑ってよ」

それは、優しい願いのようで、脅迫まがいの言葉だった。

息が、できなくなる。心臓を握られているような、ぞわりとした寒気が背筋を抜けていった。

それはひょっとすると、罪悪感に囚われた私の抑圧された捉え方だったのかもしれない。でも、お兄さまが怖くて怖くて仕方がなかった。

ぼろぼろと涙を流しながら、言われるがままに無理やり口もとを歪める。

決して晴れやかな笑みではないと自分でもわかっていた。

それを見たお兄さまは、一瞬だけ寂しげな表情をする。彼にとって、満足のいく笑みではなかったのだろう。

だが、お兄さまはすぐに微笑みを取り繕った。爪を立てていた場所を労る（いたわ）ように、指先でそっとなぞってくれる。

「……フィーネは笑っているほうが可愛いよ。僕だけの……愛しい愛しい姫君」

お兄さまはそっと私の左手を取ると、祝福を与えるように薬指にくちづけた。

しゃら、と見えない鎖の音がする。

この瞬間、逃げ出せないほど深く強く、彼に囚われてしまったのだと悟った。

これが正しい愛だと言うのなら、この世はおそらくどうかしている。重苦しく激しい感情を向けてくるお兄さまが、ただ、怖くて仕方なかった。

でも、私からお兄さまの手を離すことなんて絶対にできない。それは、許されることではないはずだ。

……お兄さま、ごめんなさい。ごめんなさい。

ふたりを繋ぐ見えない鎖に、贖罪の鍵がつく。

お互いにお互いを縛りあうような、息苦しく仄暗い「幸福」が、この日から確かに始まったのだ。

◇

七年前のできごとを語り終え、ふう、と小さく息をついた。小さな図書館の中には、雨音だけが静かに響きわたっている。

お兄さまが薬品で右の瞳の色を変えたあと、当然ながらクロウ伯爵家は大騒ぎだった。

腕のいいお医者さまをすぐにお呼びして、お兄さまの瞳を診ていただいたが、残念ながら右目の視力は戻らなかった。

お兄さまの右目が、今どの程度見えているのかはよくわからない。お兄さまはそのあたりの事情を詳しく私に話そうとしなかった。左目のお陰で日常生活を送るぶんには何ら支障はないようだが、剣術や馬術となると、多少不自由な部分があるようだった。

お兄さまの「僕を見て笑って」という願いどおり、彼の前ではいつでも微笑むようにしていたが、どうしてもお兄さまの右の瞳を見ると笑みが引きつってしまった。

そんな私に思うところがあったのか、お兄さまはやがて右目を隠すように前髪を伸ばした。完全に隠れているわけではないのだが、初対面の相手には気づかれない程度に誤魔化すことができているだろう。

ただでさえ怖いほどの美貌をお持ちだったお兄さまは、右目を隠すようになったことで、いつしか陰鬱な雰囲気を漂わせる、いかにも吸血鬼らしい美しさを誇るようになった。

できそこないの私と、吸血鬼の中の吸血鬼であるお兄さま。その違いを歴然と見せつけられているような気がして、お兄さまと同じになりたいと願って招いた悲劇だというのに、ますますお兄さまが遠い存在になってしまったような気がしてならなかった。

この事件以降、私はお兄さまの前でわがままを言ったことはない。私のひと言が招く事の重大さを、この一件で痛いほど思い知った。

「……どうかしている。お前たちが、というよりは……あいつが」

静かに私の話に耳を傾けていたクラウスが、珍しく真剣な声音で呟いた。これについては私も反論はできない。

事実、お兄さまが私に向ける感情はおかしいのだ。過保護という次元ではない。

「あいつがお前に向ける感情は──愛なんかじゃない。ただの執着だ。お前を思い通りに操って、自分に縛りつけたいだけだ」

クラウスの的確な指摘に、ずきり、と胸が痛む。

「罪悪感を逆手にとってお前を束縛するなんて……一種の暴力だ」

「そんなふうに……言わないで」

俯きながら、額に手を当てる。ずきずきと頭が痛むようだった。

私だって、わかっている。お兄さまとの関係性が、相思相愛なんてきれいなものでないことくらい。

「でもね……私だって嬉しかったの。お兄さまは、いつでも私のそばにいてくれたし……知らなかった感情をたくさん教えてくださったわ……。恋ではないし、恋にしてはいけないけれど……それでも、私たちは薄暗がりの中で幸せだったのよ」

お兄さまに憧れていたことに、嘘はない。そばにいて、甘く優しい言葉を囁いてくれるのが嬉しくもあった。彼が望むのなら、彼の目の代わりにこの身を差し出してもいいとさえ思っていた。

でも成長するにつれて、私たちの関係がいかに危ういものか悟るようになったのだ。まるで共依存のような関係から抜け出すためには、お兄さまを私から解放して差し上げなければならないのだと考えるようになった。

……いえ、それはひょっとするとただの建前だったのかもしれないけれど。

本当は、私が逃げ出したかっただけなのかもしれない。

婚約者を作ることでお兄さまのそばから離れて「ただすこし仲のいい兄妹」のようになれたらいいと思っていた。縛りつけあうような関係ではなく、弱ったときに寄り添いあうような、健全な関係であれたらと願っていた。

その点で、クラウスに持ちかけられた契約はまさに渡りに船だったのだ。人質のような扱いを受けることは恐ろしかったが、お兄さまと距離を置くという点においては最適だった。

……お兄さまが瞳の色を変える前の日に、戻れたらいいのに。

どうにもならないことを嘆くのは、昔から私の悪い癖だ。何千回とお兄さまにくちづけられた左手の薬指が、ずきずきと疼く。

「でも、お兄さまにも婚約者ができたから……これからは私たちの関係も変わるかもしれないわ」

無理やり口角を上げて、取り繕うように明るい声を出す。

だが、クラウスの表情はすこしも晴れなかった。

「あいつを甘く見るな。あいつは、お前が思っている以上に残酷な人間だ。目を差し出してまで縛りつけていたお前のことを、簡単に手放すとは思えない」

「……クラウスは、お兄さまの何を知っているの？」

澄みきった空色の瞳を見上げ、まっすぐに問いかける。

以前は誤魔化されてしまった問いだが、今なら答えてくれるような気がした。

「……どうして、お兄さまをそこまで恨むの？」

静かに問いを重ねる。

これは、彼が私に契約を持ちかけた理由に通ずる話なのだとわかっていた。

クラウスは視線を伏せ、しばし黙り込んだ。

やがて銀のロケットを取り出し、縋りつくように握りしめる。彼にとって、簡単に口にできる話ではないのだろう。

「あいつを許せる日は、たぶん、一生来ない」

彼は祈るようにロケットを額に当て、睫毛を伏せた。しゃら、と銀の鎖が彼の手からこぼれ落ちる。

「俺の大切なひとは……あいつに殺されたんだ」

「え……？」

予想外の告白に、目を丸くしてクラウスの横顔を見つめる。彼は、呻くように続けた。

「昔のことはほとんど覚えていないのに……彼女があいつに血を吸われて、動かなくなった場面だけは克明に覚えている。燃え盛る炎の中で、彼女の青白い肌だけが浮かび上がるようで……思い出したくもないほど残虐な光景だった」

言葉通り、クラウスは痛みに耐えるように表情を歪めた。彼の清廉な雰囲気に、陰鬱な翳りが差す。

「まさか……お兄さまが——？」

お兄さまがそんな残酷なことをしたなんて、信じたくない。何かの誤解だと思いたい。

「——あいつの束縛から抜けきれていないお前には、いくら言っても無駄だ。俺はいまだに、あの光景を何度も夢に見る。悪夢の中でしか、彼女に会えない」

いつか公爵が言っていた悪夢は、彼自身が虐げられた記憶を繰り返しているわけではないのかもしれない。最愛のひとを失ったときのことを夢に見ているということなのだろう。

クラウスは、夢の中でまでも、自分よりそのひとを優先しているらしい。

「それに……あいつが罪悪感を利用してお前を縛りつけていたことも、気に食わない」

声の真剣さは変わらないままに、彼はそう続けた。

……本当に、清廉なひとね。

ふ、と、どこか乾いた笑みがこぼれた。

「どうかしているわ……私は、フィーネ・クロウなのよ……？」

吸血鬼であり、憎む相手の妹である私のことまでそんなふうに気遣うなんて、笑えてくるほどに彼の心根は優しい。

私とは、決して相容れないほどまっすぐなひとだ。

……でもどうして、彼の隣はこんなに居心地がいいの。

私は今、どんな目でクラウスを見ているのだろう。自分でも気づいていない感情を悟られてしまうのが怖くて、思わず視線を伏せた。

沈めた視界に、ふと彼の大きな手が入り込んでくる。骨張った指が、おずおずと私の手に触れ、わずかに指先を絡めとった。

「それでも……放っておけない」

指先が触れあっているだけなのに、彼の温もりがじわじわと伝わってくる。

……なんて、温かいの。

お兄さまの手は、いつも冷たかった。

縋るように、絡めた指先をそっと撫でる。互いの指紋がすれあう感覚にさえ熱が生まれるようで、ずっと触れていたくなる。

……私とクラウスは、このまま、どこへいくのかしら。

吸血鬼と神官という、相容れない関係の私たちは、いつまで一緒にいられるのだろう。

……ねえ、あなたはまだ、私を殺したいと思っている？

直接尋ねる勇気は、まだなかった。

答えがどちらであっても、受け入れられる気がしない。

……こんなはずじゃ、なかったのに。

後悔とも苛立ちともまた違う、得体の知れない感情に胸を締めつけられ、痛みに耐えるようにゆっくりと睫毛を伏せる。

足枷（あしかせ）だと思っていた彼との契約に、こんなにも安らぎを感じてしまうなんて。

彼のことを馬鹿にできないくらいには、私もきっとどうかしている。


その後、私たちは気を紛らわすように再び読書に没頭し、気づけば晩餐（ばんさん）の時間になっていた。公爵邸の豪華な料理を堪能（たんのう）し、もういちど湯浴みをしたところで、ようやくクラウスが幼いころに描いたという薄紅色の花を見る流れになった。

彼に案内されたのは、屋敷の西側の端にあるアトリエだった。

すこしささくれた木の扉を開けば、油の匂いが鼻腔をくすぐる。

「すてき……」

アトリエの中には、見事な絵が何枚も飾られていた。中には乱雑に壁に立てかけられているようなものもあったが、どれもが美しい色使いで描かれている。星空や、夕暮れ、雨上がりの空を映した湖など、空を意識して描いたものが多い印象だった。

「これ、ぜんぶあなたが描いたの？」

「ここにあるのは、まあ……そうだな」

「とても絵が上手なのね。あなたの絵……ひと目で好きになったわ」

紺碧の空に銀の星が散りばめられた絵画をまじまじと眺め、思わずほう、と溜息をつく。あの温かい指先で、この繊細な色使いを生み出したのかと思うと、余計に美しく見える気がした。

「……絵は、どなたか画家の先生を招いて教わっていたの？」

「絵は母に教わった。三年前に病で帰らぬひとになってしまったが……ひとりで過ごすのが好きな俺に寄り添って、いろんなことを教えてくれた」

クラウスの澄んだ瞳が、懐かしむように細められる。

「……父も母も優しいひとだ。素性も知れず……顔じゅうが腫れてろくに話もできなかった醜い俺を引き取ってくれたんだから」

クラウスが公爵夫妻について語る横顔は、確かに親を慕う子の顔だった。親子の絆に血の繋がりなど関係ないのだと、彼の微笑みが証明している。

「……あなたも、おふたりの優しさを受け継いだのね」

今日一日の彼の行動を振り返れば、彼の優しさは痛いほど伝わってくる。嫌いな吸血鬼のことも放っておけない、お人好しなのだ。私にとっては、猛毒のような優しさだけれども。

「言っただろう。優しいはずがない」

彼はぶっきらぼうに否定したが、やはりそうは思えなかった。

……優しいわよ、あなたは。とても。

何より、彼の隣は居心地がいい。意味もなく、こんな時間が続けばいいと願ってしまうくらいには。

「例の絵は、こっちだ。……言っておくが、公爵邸に来たばかりのときに描いたものだから、ひどいものだぞ」

クラウスに手招かれるようにして、アトリエの奥へ進む。

山のように積み重なった絵画は、彼の努力の証であり、孤独の象徴でもある気がした。

絵画の山を抜け、アトリエの奥まで足を運べば、がらりと雰囲気が変わった。

今までは空の色を中心として様々な色が使われていたが、このあたりは薄紅色ばかりだ。時折空の青や芝生の緑が散見されるくらいで、主役はすべて薄紅色の花だった。

「きれい……」

眼裏に浮かぶものよりも、不思議と優しく感じる。

彼の、淡い色使いのせいだろうか。吸い寄せられるように絵に近づき、まじまじと観察した。

「この花は、木に咲くものなのね……」

絵の中の薄紅色の花たちは、どれも立派な木の枝に咲き乱れている。王国では見たことのない、珍しい咲き方だった。

ひらひらと舞い落ちる様子からして、背の高い植物なのだろうとは思っていたが、木に咲くものだとは思っていなかった。

またひとつ、薄紅色の花の正体に近づけた気がする。

「あなたは、この花をどこで見たの？」

「……あいにく、廃教会の事件以前の記憶は曖昧なんだ。この花の咲いていた場所どころか、最愛のひとの名前も思い出せない有様なんだから」

自嘲気味に語るクラウスの表情は、痛々しかった。

それだけ、彼の受けた仕打ちが過酷だったということなのだろう。

思いがけず、彼が負った傷の深さを思い知る。どれだけ話を聞いても、想像をめぐらせても、彼の痛みのすべてを理解することはできない気がした。

「……時を遡ることができるなら、あなたを助けに行きたいわ。助けに行って、悪い吸血鬼をみんな捕まえるの」

叶いもしない願いを口にするなんて、まるで祈りのようで吸血鬼らしくない。それでも、言わずにはいられなかった。

「いくら同じ吸血鬼とはいえ、お前なんか返り討ちにされてしまいそうだけどな。……でも、ありがとう。その気持ちは嬉しい」

クラウスは私と視線を合わせずに、ぽつりと呟いた。彼にしては素直なほうの返事だ。

くすり、と笑って彼を見上げれば、彼は横目で私を一瞥し、またすぐに視線を逸らしてしまった。くすぐったいやりとりに、ますます頬が緩んでしまう。

「……ここにある絵も、さっきの絵も、埃をかぶっていたとは思えないくらい状態がいいわ。なにか工夫しているの？」

くすぐったさに耐えかねて、薄紅色の花の絵を見上げながら何気なく話題を変える。だが、彼はなかなか答えようとしなかった。

「なあに？　秘密なの？」

笑うように彼を見つめれば、わずかに彼の耳の端が赤いことに気がついた。

彼は私に視線を合わせるどころか、ますます顔を背けるようにして告げる。

「あれは……嘘だ。いつも使用人たちが、埃がかぶらないように手入れしてくれている。

……あでも言わなければ、お前は絵を見て、さっさと帰ってしまうだろ」

「え……？」

その言葉の意味を理解するのに、しばし時間がかかった。

だが、ある可能性に思い当たり、私まで顔を熱くして俯く。

……何、それ。そんな言い方だと、すこしでも長く私と一緒にいたいみたいじゃない。

あの舞踏会の夜から、彼はずいぶん変わった。

あの日から、私たちの関係は急速に変化している。

「ふふ……あんまり、勘違いさせるようなことを言わないでほしいわ」

なんでもないように笑って、クラウスから数歩離れる。

そうでもしなければ、この鼓動の音が伝わってしまうような気がして、落ち着かないのだ。何より、彼の猛毒のような優しさにこれ以上触れていたくない。

だが、クラウスは逃げることを許してくれなかった。

背後から彼の腕が伸び、お腹(なか)の前に回されてしまう。まるで抱きしめられるような体勢で、彼に捕まってしまった。

「クラウス……？」

「勘違いじゃない」

耳に直接囁くような声に、ぞわりと肌が粟立つ。

不快だったわけではない。心が、熱を帯びて飛び上がったのだ。

「……離してちょうだい」

「嫌だと言ったら？」

「……噛みついて、痛い目に遭わせるしかないわ」

彼の腕の中でくるりと体の向きを変え、ぴたりと体を合わせた状態で彼を睨みあげる。白い襟から覗く彼の首筋を見定め、舌なめずりするように笑ってみせた。

……忘れないで、私は吸血鬼なのよ。

あなたが、優しくするに値する相手ではないのだと、思い出してほしい。

若い青年の血を狙う吸血鬼の令嬢なんて、清廉な彼のいちばん嫌いなものだろう。

今すぐ突き放して、このところの私への対応は間違っていたと、思い直してもらわなければ困るのだ。出会ったころのように容赦なく、私を拒絶してほしい。

そうでなければ、叶いもしない未来を夢見てしまいそうで怖くて仕方がない。

クラウスは、私のそんな葛藤を知ってか知らずか、雨上がりの空のような瞳で私を見つめていた。

……ああ、なんて、清廉なの。

その美しく澄んだ色を見るたびに、私とは相容れない存在なのだと思い知る。

彼はひどく静かな表情で私を見下ろしていた。大きな手が、確かめるように私の頬に触れる。

殴り飛ばされてもおかしくないようなことを言ってしまっただけに、ぎゅ、と目をつぶって彼の次の行動を待った。

だが、暗闇の中降ってきた彼の言葉は予想外のものだった。

「……お前になら、いい。満ち足りるまで、好きなだけ飲めばいい」

その声には、不思議な慈愛がにじんでいた。決して、自棄になっている様子ではない。

はっとして目を開けば、熱に浮かされたような空色の瞳と目が合った。理性が焼け焦げそうになるほどの、激しい熱だ。

「で……できないと思っているのでしょう？　そんなこと言っていると、本当に噛みつくわよ」

どうしてか、私のほうが狙われた獲物のように震えていた。

私の腰を引き寄せるように腕を回したまま、彼は真剣なまなざしで私を射抜く。

「だから、いいと言っている」

傷つけようとしているのは私のほうなのに、優勢なのは今も彼だった。

じりじりと追い詰められるような感覚に、じわりと汗がにじむ。

「……っ」

……もう、知らない。

逃げ道も撤回する言葉も見つからず、思い切り背伸びをして彼の首筋に噛みついた。

ここまでするつもりはなかったが、痛い思いをすれば、彼だって考えが変わるはずだ。

短いながらも鋭い牙は、すぐに彼の肌を傷つけ、温かな血をあふれさせた。ごく、と喉を鳴らしてひと口ぶん飲み込む。

嫌いな血の味を想像して思わず顔をしかめたが、口の中に広がるのは柔らかな優しい甘さだった。

……どうして、こんなにもおいしいの。

彼と出会ったときにも感じたことだが、彼の血は、すこしも不快ではない。本当に身体じゅうの血を飲み干してしまえそうなほど、魅惑的でとろけるように甘い味だった。

その味に酔いしれながらも、ずきりと頭が痛む。

眼裏に、薄紅色の花びらが散っていった。

――いやよ！　大好きなひとを、おいしいって思いたくない！

「……っ」

ずきずきと頭が痛み、思わず彼の首筋から口を離す。つうっと滴った彼の血が、首筋に線を描いていた。

……何、あの、声。

心当たりのない言葉に、ぐるぐると頭の中がかきまぜられるような心地だった。

手の甲で口もとについた彼の血を拭いながら、なんとか気持ちを落ち着かせようと息を整える。

「もうおしまいか？　……俺を殺す、千載一遇の機会を逃したな」

クラウスの大きな手が、私の肩を揺さぶるように摑む。

乾いた笑い声が、頭上から降ってきた。

今から、仕返しをされてしまうのだろうか。そう考えはしても、怯える気持ちがわき起こらない。肩を摑む強い力は怖いはずなのに、不思議と心は凪いでいる。

「お前が……俺の血を飲み干すような、残虐な吸血鬼であってくれたら……そうしたら、俺だって――」

ぐ、と言葉を呑んで、クラウスは表情を歪ませる。

摑まれた肩から、焼けつくような葛藤が伝わってきた。

……もしかして、あなたも、私と同じなの？

私たちは、同じ葛藤を抱えてこうして向きあっているのだろうか。

肌を刺すような鋭い沈黙がふたりの間を埋める。その間にも、彼の首筋からは、ぽたぽたと血が滴っていた。上手な吸血鬼は血をこぼさずに飲めるらしいが、私はやっぱりだめだ。

白い手巾（ハンカチ）を取り出して、彼の傷口に押し当てる。

クラウスの空色の瞳が、まるで睨むような鋭さで私に向けられた。

「……俺を、愚かだと笑うか？　フィーネ」

ぽつり、とまるで呻くように告げて、彼は私の瞳を射抜いた。

「最愛のために復讐を企てて、お前に契約を持ちかけたのに……。それが終われば、死んでもいいと思ってたのに――」

「――死ぬなんて、そんなのだめ！」

思わず彼の胸に手を当て、縋りつくように見つめる。

彼を失うと考えただけで、反射的に体が動いてしまった。

クラウスは、そんな私を見て、困ったように笑う。すぐに、私の手を包むように彼の手が重なった。

「……そうやって、お前が俺の心に触れるから……生きてみるのも悪くないと思うようになってしまった。お前のせいだ。お前のせいで、俺は……」

室内着の胸ぐらを摑まれ、ぐっと引き寄せられる。

空色の瞳には、殺意にも似た激しい感情が溶け込んでいた。

でも、私を責めるだけではない。先ほど私を見つめていたときのような、焦がれるような熱も確かにあって、清廉なだけではないそのまなざしが、彼が私に向ける感情の象徴のようでならなかった。

「どうして、放っておいてくれなかった。どうして、あの方への想いとともに終わらせてくれなかった。どうして俺なんかに微笑みかけた。どうして吸血鬼のくせに温かいんだ。どうしてお前に触れると安心する？　どうして――」

彼は胸ぐらを摑んだまま、うなだれるように私の肩に頭を預けた。

「どうして……あいつの妹になんか生まれたんだ」

掠れた声で、クラウスは吐き出すように告げた。

あのいじわるな笑みの下で、彼はこんなにも葛藤していたのか。

手巾をぽとりと落として、そっと両手を彼の頰に添える。すこしだけ指先に力を込めて、俯いていた顔を上向かせた。

彼の澄んだ瞳は、あらゆる感情の溶け込んだ涙で潤んでいた。

何度見ても、何より綺麗だ。

「……夏の風のような目ね」

額をすりあわせ、祈るように睫毛を伏せる。

ふたりきりの沈黙の中で、雨音だけが静かに響いていた。

まるで私たちを、彼の最愛のひととお兄さまから隠すかのように。

……許されなくてもいいわ。

吐息の甘さに酔いしれるように、ゆったりと彼を抱きしめた。彼もまた、私の背中に腕を回し、縋るように力を込める。

彼に向けるこの感情にふさわしい名前も言葉も見つからない。

ただひとつ言えるのは、この温もりに愛おしさを覚えているということだけだ。

このまま、雨音に溶けていけたらいい。

止まない雨に守られて、誰の目にも触れぬまま、ふたりきりで抱きしめあっていたかった。

第五章　甘い血の記憶

「いいか、お前は映えある女王の『贄』だ。決して欲を出さず、慎ましくあの方にお仕えしろ。心が欲しいだなんて願ってはいけない。女王の御心をお慰めするのは、あちら側の役目なのだから」

父親とも思えぬほど厳しい男の言葉に、言葉もなくうなずく。

物心がついたときから、「女王の贄」と呼ばれて生きてきた。「女王の贄」として産まれた子どもには、名前すらも与えられない。

「贄」の一族が持つ血は、吸血鬼にとって特別な味がするらしい。「女王の贄」に選ばれるのは、一族の直系子孫だと代々決まっていた。「贄」の一族は、女王に血を差し出す代わりに、国内でも一、二を争うほどの権力を与えられている。

「いいか、あれが次の女王陛下だ。禁忌の姫だが……他に御子が生まれなかったのだから仕方あるまい」

男は薄紅色の花が咲き乱れる木の下を指さした。

そこには、ふわふわとした長い髪をなびかせる幼い少女が佇んでいた。

見るからに自分より年下の少女を相手に、尊敬の念はわいてこない。とてもじゃないが、仕えるべき主とは思えなかった。

「……くれぐれもお前は禁忌を繰り返すなよ」

女王に仕えるのは「贄」だけではない。幼いころから女王の身辺を守り、成人した暁には王配となる護衛騎士もいる。

「贄」は決して、女王と騎士の仲を乱すようなことをしてはならない。「贄」と女王の間に子どもが産まれるなんて、この上なく忌まわしいことなのだから。

だが、俺が仕えることになる姫は、その「贄」と女王の間に産まれた禁忌の姫だった。

現女王の「贄」はずいぶんな愚か者だったようだ。国で定められている決まりを破ってまで、女王に触れたかったのだろうか。「贄」の役目は、女王に求められた際にただ血を差し出すことだけなのに。

あの姫の父親のおかげで今、国内は不穏な気配を漂わせている。本来姫の父親として、次代の女王の後ろ盾になるはずだった騎士の一族が不服を申し立てているのだ。「贄」と「騎士」のふたつの派閥の絶妙な均衡が、すこしずつ崩れ始めていた。

その緊張感を反映するように、姫へのあたりは強くなった。大抵の侍女には軽く扱われ、騎士の一族には顔を合わせるたびにほとんど暴言と言ってもいい言葉を吐かれていた。

……俺は、あんなかわいそうな姫の「贄」になるのか。

さして興味のなかった役割とはいえ、やはり誇りには思えなかった。

姫との顔合わせの日を指折数えるわけでもなく、俺は無為に日々を過ごした。女王の「贄」としての教養を叩き込まれる以外は、俺の毎日は淡々としていた。

誰ひとりとして俺を個としては見ないから、好きとか嫌いとかいう感情はよくわからない。誰も興味がないことについて、深く考えるほど俺は愚かではなかった。

それでも、同じ城の中で暮らしているせいか、姫の姿はやけに目についた。女王と同じ不思議な髪の色をしているせいもあるかもしれない。

姫は鈍感なのか、人々に悪意を向けられてもにこにこと笑っていた。まだ物心がつくか否かという年だから、大人たちの言うことがよくわかっていないのだろう。

ある日彼女は、女王への謁見の帰り道で侍女に突き飛ばされ、薄紅色の花の下でうずくまっていた。侍女は姫を助けることもせず、仕事があると言い訳をして立ち去ってしまう。

陽の光に弱い彼女は、木陰から出て城の中に戻ることもできないのだろう。姫は膝を抱えるようにして泣きじゃくっていたが、誰も彼女を助けなかった。

彼女は、次の女王となる少女なのに。この国で、女王の次に丁重に扱われるべき存在なのに。

憐れみなんて感情は持ちあわせていないつもりだったが、気づけば俺は姫のもとへ向かっていた。

顔合わせはまだ先だから、接触してはいけないとわかっているのに、ひとりで膝を抱えてうずくまる彼女を放っておけなかったのだ。

「贄」の俺が尊い彼女を直接見ることは許されていないから、上着にしまっていた薄布で顔を覆う。

「……怪我をしたのか」

薄紅色の花が咲く木の下で、姫に問いかける。彼女は目いっぱい首を傾けて俺を見上げた。

「だれ？」

「……今はまだ言えない」

名乗る名前はないし、非公式の場で役目を明かすわけにもいかない。それ以上の言葉は選ばずに、手持ちの手巾を姫の細い膝に押し当てた。すりむいて怪我をしたようだ。

「痛むのか？」

「平気。……でも、ちょっと元気はないの」

言葉通り、姫の顔はどことなく青白かった。

そっと手の甲を額に押し当ててみるも、熱があるような様子ではない。むしろ、冷たいくらいだった。

「なぜ元気がない。怪我をしたせいか？」

「違うの……今日は『目覚めの食事』の日だったのに、血をもらえなかったの……」

食事と同様に、血を必要とする姫にそれを与えないなんて。

もはやそれは、一種の虐待と言ってもよかった。姫の置かれている環境は、想像以上に過酷なようだ。

俺も散々憐れまれ、個人としては扱われてこなかったが、それでも、衣食住に不自由したことはない。女王の「贄」として健康な体を作り上げなければならないという理由もあるのだろうが、「贄」は「贄」なりに尊重されて生きてきたのだ。

木の幹にもたれかかりながら、青白い顔をする姫は、今にも倒れてしまいそうだった。とてもじゃないが放っておけず、左手の袖のカフスボタンを外す。

「……飲むといい。すこしはましになるだろう」

姫の侍女たちは、こうして手首を差し出して姫に血を捧げていると聞いている。「贄」となったあとは効率重視で首から吸血するのが基本らしいが、今はまだ首に傷を作るわけにいかない。

「……いいの？」

姫は潤んだ瞳で俺を見上げ、おずおずと問いかけた。

俺なんかよりよほど尊ばれるべきひとなのに、遠慮がちなその姿勢が痛ましい。

「いいと言っている」

「ありがとう……」

姫は愛らしくにこりと微笑んで、ためらいなく俺の左の手首に嚙みついた。

ぷつり、と血管が切れるような痛みとともに血があふれ出す感覚がある。

姫は嬉しそうに小さな喉を動かして血を飲み下していた。こんなに幼く愛らしくても、血の味は知っているらしい。

姫は五口ほど飲み下すと、手首から唇を離してにこにこと笑った。

「あなたの血、すっごくおいしいわ。今までで、いちばん」

「贄」の血族の血は特別おいしいらしいと聞いてはいたが、姫の笑顔を見ていると、それはどうやら本当のことなのだと思い知る。

「それに、いつもよりずっと元気が出る気がする。ありがとう」

晴れやかな笑顔に、気づけばふいと視線を逸らしていた。

生まれてこの方、こんなにもまっすぐな笑顔を向けられた試しがない。

……調子が狂う。

血の味を褒められただけとはいえ、姫を笑顔にできたことが予想外に喜ばしく思えた。

どうやら俺は、生まれながらにして彼女の「贄」らしい。

「……それだけ気に入ったなら、もっと飲めばいい」

「ううん。よくわからないけれど、私は『半分』だから、このくらいでいいのですって。お母さまだったら、もっとたくさん飲まなくちゃいけないのだけれど……」

半分。それは、「贄」である父親が人間であるためにそう呼ばれているのだろう。きっとこの姫は、女王ほど王族としての形質が濃くないのだ。

「あなたに何かお礼がしたいわ。……私の血を飲む？」

無邪気に小首を傾げ問いかけてくる彼女に、思わずくすり、と笑ってしまった。

「お前は血を奪いはしても、与える必要はない。それに、俺は血を飲まないんだ」

「そうなの？　変わっているわ」

きょとんとした表情でこちらを見上げる姫は、なんとも愛らしかった。庇護欲をそそられるというのは、こういうことを言うのだろう。

「でも困ったわ……そうしたら、どうやってお礼をすればいいの？」

薄紅色の花びらが、ひらひらと舞い落ちていく。

姫はまるで、この花の妖精のようだ。まるで誇りに思えなかった「贄」という役目に、ほんのすこし興味がわくほどに、彼女は魅力的だった。

「……それなら、ときどきこの木の下で話をしよう。……俺はいつでも、ここで待っているから」

ざあ、と風が吹き抜ける。春風が、薄紅色の花びらをさらっていった。

この約束こそが、彼女に捧げる恋の始まりだったことを、このときの俺はまだ知らない。

◇

昨日の雨が嘘のように、空は雲ひとつなく晴れわたっている。夏らしい、眩しいほどの青空だった。

クラウスとは、今朝からなんだか気まずい雰囲気だった。

昨夜、どれだけの時間抱きしめあっていたかわからない。あのときは雨音がすべてから覆い隠してくれるような気がしていたけれど、こうして見事に晴れわたってしまった今では、いつも通りの私たちに戻るしかないのだ。

「昨日は、泊めてくれてありがとう」

「別に、このくらいいつでもしてやる」

馬車には、昨日彼から送られたあの美しいドレスも積み込まれていた。

次の夜会には、きっとあれを着ていこう。初めて、公の行事が楽しみに思えた。

馬車に乗り込む寸前になって、ふたりして視線を彷徨わせる。

いざ帰るとなると、彼と離れがたいような気がしてしまった。

「それじゃあ……帰るわね」

「次は――」

クラウスが、ためらいがちに口を開く。視線は、軽く伏せられたままだった。

「次は、晴れた日にあの湖へ行こう。広い東屋があるから、そこでならお前も湖の美しさを楽しめるはずだ」

思いがけない「次」の約束に、心臓が跳ね上がった。とくとくと、脈が早まっていく。

「いいわね……何か、焼き菓子でも持っていくわ」

「三日後でどうだ？」

「三日後ね、わかった」

またすぐに、彼と会える。そう思うと、離れがたい気持ちがほんのわずかに和らいだような気がした。

「それじゃあ、またね」

「ああ、またすぐに」

ごく自然な表情で微笑みかければ、彼もまた、同じように笑い返してくれた。くすぐったいやり取りを最後に、今度こそ馬車に乗り込む。

ローラも向かい側の席に乗り込むと、馬車はクロウ伯爵邸に向けて動き出した。

窓から、クラウスを見つめる。軽く手をあげる彼に、私もひらひらと手を振り返した。

彼の姿が見えなくなると、とたんに静かになったような気がする。

姿勢良く椅子に腰掛けながら、流れる景色を見つめた。彼と離れれば、どうしたって感傷と葛藤が過ぎる。

たぶん、私たちはもう、お互いにお互いを殺せない。

それは、クラウスがお兄さまへの復讐を果たせないということと同義だった。

でも彼からしてみれば、私と婚約を続けている以上、クロウ伯爵家の秘密を暴露するような真似はできないはずだ。

もはや私たちを繋ぐ「契約」すらも、彼にとっては意味をなさなくなり始めている。今にも切れそうな細い糸によりすがる関係に、切なさが募るばかりだ。

……でも、とにかく、屋敷に帰ったらお兄さまに尋ねてみなくてはいけないわ。

クラウスはお兄さまが、彼の最愛のひとを殺したと言った。その話を鵜呑みにするわけにもいかないし、確かめもせずに否定するわけにもいかない。

……どうやったら、お兄さまから聞き出せるのかしら。

まともに尋ねてみても、はぐらかされる気がする。そもそも、ユリス侯爵令嬢と婚約したお兄さまは、今までのように私と話してくれるのだろうか。

ぐるぐると思い悩んでいるうちに、馬車はクロウ伯爵邸についた。

だが、門の前に見慣れぬ馬車が止まっていることに気がついて、向かいに座っていたローラが窓の外を覗き込んだ。

「お客さまがいらしているようですね。あの家紋は――」

言いかけて、ローラは口を噤んだ。優秀な侍女である彼女が、知識不足で言い淀んだわけではないことはわかる。私も改めて窓の外を覗き込んで、馬車の主人を確かめた。

「あれは――ユリス侯爵家」

お兄さまとの縁談を進めるべく、わざわざ隣国から来たのだろう。わかっていたことではあるが、ユリス侯爵家はこの縁談をすこしでも早く進めたくて仕方がないらしい。

「……いかがなさいます？　馬車を出して、日が暮れるころに帰ってきましょうか？」

ローラの提案は魅力的だったが、ほんのすこし迷った末に首を横に振った。

相手はお兄さまの婚約者だ。複雑な感情があるからと言って、いつまでも避け続けるわけにはいかない。

「このまま屋敷に戻りましょう。……私もすこし、自分の部屋で休みたいわ」

それらしい理由をつけて、馬車を屋敷の前に止めてもらう。御者の手助けを借りて馬車から降りると、すかさずローラが日傘を差してくれた。今日はよく晴れているから、私たち吸血鬼にとって日傘は必需品だ。

　出迎えの侍女たちが、屋敷の扉を開けてくれる。迷わず邸内へ足を踏み入れれば、薄暗くひんやりとした空気に出迎えられた。

　エイベル公爵邸のような清々（すがすが）しさはないが、我が家というだけあって落ち着く。ふう、と息をつきながら、階上にある私室を目指そうとした。

　だが、玄関広間から繋がる大階段に足を踏み出したとき、階上から下りてくる人影を認めて足を止める。

「あら、フィーネさま。おかえりなさい」

　段上から声をかけてきたのは、白金色の髪をゆったりと結い上げ、みずみずしい新緑のドレスに身を包んだユリス侯爵令嬢だ。

「ユリス侯爵令嬢、ようこそおいでくださいました」

　乾いたばかりの黒のドレスをつまんで、儀礼的に挨拶をする。くすくすと、可憐な笑い声が降ってきた。

「私たち、義理の姉妹になるのだし、そんなお堅い挨拶はやめにしませんこと？」

　こつこつ、と靴音を響かせて彼女はゆっくりと階段を下り始めた。どことなく、勝ち誇ったような空気を纏っている。

「今日も、ノアさまとの婚約の話を進めるために参りましたのよ。ノアさまがいらっしゃるまでの間、お庭を拝見していたのだけれど、とても綺麗ね。いずれここに住むことになると思うと、今から楽しみよ」

「それは……何よりでございました」

これからは、お兄さまとユリス侯爵令嬢がふたりで過ごす姿を頻繁に眺めることになるのだろう。どんな気持ちで、ふたりを見守ればいいのかまだわからなかった。

「フィーネさまは、雨のせいで婚約者のお屋敷に滞在なさったと聞いたわ。楽しい夜をお過ごしになったかしら？」

私より数段先で、ユリス侯爵令嬢は血のような紅の瞳を細めて笑う。

「あなたはノアさまとは、どうあっても幸せになれませんものね。エイベル公爵令息は逃げ道としての婚約者なのかもしれませんけれど……なかなか麗しい姿をしているし、彼となら何をしても咎められることもない。よかったですわね、健全な恋ができて」

棘と含みのある言葉に、しばし俯いて気を鎮める。

お兄さまの婚約者の座を勝ち取った今も、ユリス侯爵令嬢は私を敵視しているらしい。ひょっとすると、私自体が気に食わないのかもしれない。

何を言われても気にしないつもりでいたが、一点だけ訂正せねばならない。数段先の彼女を見上げ、迷いなく告げる。

「クラウスは……逃げ道としての婚約者なんかじゃありません。私にとって、特別なひとです」

恋人とも、婚約者とも言えないが、それだけは確かだった。ふとした瞬間に彼のことが脳裏をよぎるくらいには、彼はすこしずつ私の心を染め始めている。

だが、ユリス侯爵令嬢の望む返事ではなかったのだろう。吸血鬼らしい赤い瞳が、興醒めしたといわんばかりにすうっと冷える。

「そう、よかったわねえ……。お互い幸せになりましょうね」

彼女はすぐに取り繕ったような笑みを浮かべると、駆けるように私のそばにやってきた。そのまま気安く手を握られてしまう。親愛の握手のつもりなのだろうが、彼女の手の冷たさに、安らぎを感じることはなかった。

曖昧に微笑んで、されるがままに受け流す。早く私に興味を失ってもらって、この場を切り抜けたほうが得策だ。

「あら……？」

ふいに、ユリス侯爵令嬢は首を傾げ、まじまじと私を見つめる。何が気にかかったのかわからず、彼女を見つめ返すことしかできない。

「フィーネさま、なんだかおいしそうな匂いがするわ……。しかも、昔嗅いだことのある懐かしい匂い」

「匂い、ですか……？」

公爵邸でいただいた朝食には、匂いのつくようなものはなかったはずだ。

あるいは、吸血鬼である彼女がおいしそうと言うからには、私に血がついていることも考えられる。

そこまで考えて、はっとした。

思えば、昨夜クラウスの血を拭った手巾を、まだ手もとに持っている。屋敷に戻ってきてから洗おうと考えていたのだ。

……彼女が言っているのは、このこと？

その可能性に思い当たった瞬間、心臓が暴れ出すのがわかった。

彼女は今、「懐かしい匂い」だと言った。もし彼女の言う匂いが、クラウスの血を指しているのだとしたら、彼女はクラウスの過去を何か知っているのかもしれない。

淡い期待に、胸が震える。ともかく、確かめてみないことには始まらない。おずおずと血まみれの手巾を取り出し、ユリス侯爵令嬢に見せた。

「これ……でしょうか？」

ユリス侯爵令嬢はその血を見るなり、はっと目を見開いた。吸血鬼らしい深紅の瞳が、信じられないと言いたげに揺れている。

「まあ……まあ！　生きていたのね！　すばらしいわ……！」

ユリス侯爵令嬢はうっとりと酔いしれるように笑うと、手巾を握る私の手を包み込んだ。かつてない親しみのこもったまなざしで、媚びるように見つめられる。

「そう……あなたも私と同じ趣味をお持ちなのね。昨日は宴をしていたのかしら？　私も誘ってほしかったわ……」

「宴、ですか……？」

なんの話かわからず、戸惑うように問い返してしまう。

だが、彼女はくすくすと笑うばかりで、私の動揺など気にも留めていないようだった。

「もう、とぼけなくてもいいのよ？　私も昔、贄の少年を捕まえて楽しんでいたのだけれど——その子の血と、同じ匂いがするわ。てっきり殺しちゃったと思っていたけれど……まさか、あの子が生きているなんて！」

興奮気味に話すユリス侯爵令嬢の話に、ついていけない。クラウスの血がついた手巾を握りしめながら、彼女の歪な笑みを見つめ続ける。

……あの子が生きている？　贄の少年？　ちょっと待って、それって——。

「——あなたは、この血の持ち主に何をしたのです？」

どくどくと、耳の奥で心臓がうるさいくらいに鳴っている。指先に力を込めなければ、震え出してしまいそうだった。

「あら、私が宴でどうやって彼を可愛がっていたのか知りたいの？　いいわ、教えてあげる。毎晩毎晩、本当に楽しかったわ……。短剣で手足の血管を切ったり、殴ったりして、血を噴き出させてそれを飲むの。あの子、ずうっと姫、姫って呼んでて面白かったのよ？　亡国の姫なんて、もうとっくに死んでるのに、縋りついて馬鹿みたいで可愛かった」

罪の意識などまるで抱いていない無邪気な笑みに、背筋が凍りつく。

……ああ、彼女なのね。

クラウスを、虐げていた吸血鬼。彼の心に、翳りを宿した張本人。

彼女に理不尽に痛めつけられたせいで、クラウスは、人を厭うようになってしまったのだ。舞踏会の夜、人混みに当てられて凍えるように身を震わせていた彼を思い出すと、ふつふつと怒りがわいてくる。

それでも、彼女が自白してくれているうちに、聞き出せることは聞き出しておかなければ。

「あなたは……彼とどうやって知りあったの？」

声の震えを悟られぬよう、無理やり口角を上げて尋ねる。

私の反応に、彼女は気をよくしたようだった。どこか自慢げに、つらつらと己の罪を告白する。

「亡国メルヴィルが滅んだときに、国の混乱に乗じてお父さまが攫ってきてくださったのよ。十一歳の誕生日の贈り物としてね。いつかメルヴィルに巡礼して、女王陛下にご挨拶するのが夢だったのに、あの国が滅びてしまったのは残念だけれど……まさか、女王の贄をいたぶる機会がめぐってくるなんて思わなかったわ。それだけは幸いね」

……つまり、クラウスは亡国メルヴィルに関係するひとなのかしら。

亡国メルヴィルにしか咲かない薄紅色の花を知っていることといい、クラウスはあのベールに包まれた国と何か関わりがあるのだろう。

彼が素性を知ることを望んでいるのかはわからないが、この話が、謎に包まれた彼の過去を紐解くことに繋がっているのは間違いなかった。

「初めは傷つければ傷つけるだけ、涙を流して面白かったのだけれど……途中から、何も言わなくなってしまって残念だったわ。何度か床に顔を打ちつけたせいで、せっかくの可愛い顔がぼこぼこに腫れて醜くなってしまったの。だから鎖に繋いで棄てておいたのだけれど……あなたに拾われているとは思わなかったわ」

くすくすと、ユリス侯爵令嬢は楽しげな笑い声を上げる。

その表情だけを見れば、まるで流行りの服や本について話しているかのような優雅さなのに、紡がれる言葉はどれもが残酷で、許しがたいものばかりだ。

こらえていたはずの怒りが、ぐつぐつと燃え上がるようだった。

何が面白くて、彼の痛みと絶望をこんなふうに軽々と語れるのだろう。

……こんな女のせいで、彼は、今も苦しんでいるの？　人混みを恐れるようになってしまったの？

到底、許せない。許せるはずがない。

「フィーネさまは、どんな風に痛めつけるのがお好きなの？　くちづけながら舌を嚙むのもおすすめよ？」

彼女の声は、どこか遠くの世界の音のように響いていた。もう、言葉ではなく音としてしか認識できない。

それでも体はどこか冷静で、気づけば私は彼女に向かって右の手のひらを振り上げていた。

深紅の瞳は、状況をわかっていないのか、きょとんとしたままだ。

「──だめだよ、フィーネ。そんな女、殴る価値ない」

彼女の頰を叩くべく振り下ろそうとしていた右手を、背後から摑まれてしまう。

甘く、優しいその声の持ち主はひとりだけだ。どくり、と心臓が揺れ動く。

「……ノア、さま？」

ユリス侯爵令嬢が、私の背後を見て青ざめるのがわかった。

「ごきげんよう、ユリス侯爵令嬢。話を聞くつもりはなかったのですが、ずいぶんよいご趣味をお持ちのようですね。夜な夜な人間を虐げて、血を奪うなんて」

心底軽蔑したと言わんばかりのお兄さまの声に、私まで心が凍りつくようだ。それくらい冷徹で、見放すような言い方だった。

一拍遅れて、ユリス侯爵令嬢が口を開く。

「待って……待ってください、ノアさま。今のは、ほんの冗談で……」

珍しく慌てたような様子で、彼女は弁明を始めた。だが、お兄さまには彼女の言い訳を聞く気はないようだ。

「弁明は結構ですよ。……あいにく、吸血鬼の世界の掟も守れぬ愚か者を妻に迎えるつもりはありません。婚約は解消しましょう」

淀(よど)みなく、笑うようにお兄さまは告げた。

彼が今どんな表情をしているのかわからないが、ユリス侯爵令嬢は気の毒なくらいに震え上がっている。

「そんな……今の、話だけで？」

弱々しい笑みを浮かべ、ユリス侯爵令嬢は縋るように私たちとの距離を詰める。

お兄さまは私を引き寄せながら、彼女と距離を保つように一歩引いた。

「『贄』の一族の血の匂いがわかる時点で、おかしな話です。本来は彼の国の女王にのみ捧げられる特別な血なのですから」

お兄さまは摑んだ私の手を引き寄せ、しっかりと腰を抱くと、にこりと笑ってユリス侯爵令嬢を見据えた。

「おかえりはあちらからどうぞ、ユリス侯爵令嬢。……あなたが人間を虐げていた件については、侯爵家と吸血鬼の各家に周知するつもりですので」

突き放すような冷たい言葉に、ユリス侯爵令嬢はへたり、とその場に崩れ落ちる。

彼女にとっては、私に殴られるよりも、お兄さまの冷酷な態度のほうがよほど堪えるだろう。

お兄さまは、いつのまにか壁際に控えていた使用人たちを一瞥した。彼らはそれだけでお兄さまの意図を汲み取ったようで、すぐさまユリス侯爵令嬢のもとへ駆け寄り、うなだれる令嬢を引きずるようにして容赦なく玄関へ連れて行く。

「離して……離しなさいよ！」

屋敷を出るぎりぎりまで、彼女は往生際悪く抵抗を示していた。いつも可憐で優雅だった彼女の姿は見る影もない。

使用人たちも去った玄関広間には、私とお兄さまだけが残された。衝撃的な展開が立て続けに起こり、心の整理が追いつかない。

「フィーネ、その手巾を見せてごらん」

混乱の最中にいる私とは裏腹に、お兄さまにはにこりと微笑む余裕があるようだった。

言われるがまま、おずおずとクラウスの血がついた手巾を手渡す。

お兄さまは赤茶色に変色したクラウスの乾いた血をしばし眺めると、ふ、と嘲笑うような笑みを浮かべた。

「そうか、生きていたんだな……」

ぽつりと呟いたかと思うと、お兄さまは尋問するように私の瞳を射抜いた。

「フィーネ、これはエイベル公爵令息の血だね？」

殺気すら思わせる鋭い雰囲気に、口を噤むのが正解だとわかっていたが、びくりと肩が震えてしまった。お兄さまには、それで十分だったようだ。

「……国が滅んでもなお、君につきまとうとはね」

お兄さまは並々ならぬ憎悪を滲ませた声で笑った。

ただならぬ気配を感じて、思わず縋りつくようにお兄さまに問いかける。

「お兄さま……クラウスの過去を、何かご存知なのですか？　さっき言っていた、贄の子って……？」

どくどくと、早まる鼓動とともに嫌な予感が膨らんでいた。

お兄さまの妹として、こんな言い方はするべきではないとわかっているのに、抑えきれない。

「お兄さまは――」

震えながらも、まっすぐにお兄さまの瞳を射抜く。

「――お兄さまは、クラウスの最愛のひとを、殺したのですか？」

胸騒ぎに耐えきれず、ついに決定的な問いを投げかけてしまった。

お兄さまの深紅の瞳が、すうっと細められる。

「あいつの、最愛、か……。——僕の前でよく言えたものだ」

乾いた笑みを浮かべ、お兄さまは半ば強引に私を抱き上げた。仕草は丁重なのに、行動自体はどこか乱暴だ。

「お兄さま……？」

お兄さまは私の動揺を無視して足早に階段を上り始めた。どうやら、彼の私室へ向かっているようだ。廊下を行き来していた使用人たちが、驚いたように私たちを見つめている。

お兄さまは飾り気のない私室の扉を蹴破るように開けると、続き部屋である寝室まで進んだ。そのまま、私を寝台の上に放り投げるように押し倒す。

薄暗く、血の臭いに満ちた部屋の空気が、まとわりつくように重たかった。

「お兄さま……どうなさったの？」

彼の影に覆われながら、くすんだあやめ色の瞳を見上げる。その目は凪いだ湖のように静かで、彼の考えていることがまるで読めない。

「フィーネ、僕が君を壊してしまう前に、解放してあげるつもりだったけど……相手が彼なら話は別だ。今すぐ婚約は破棄しなさい」

お兄さまは乱れた私の前髪を整えるようにかき上げながら、ゆったりと微笑んだ。

甘く、怪しいほどに美しいその笑みは、私が憧れていたお兄さまの表情のひとつだ。だが、私を縛りつける象徴でもある。

「君はやっぱり、僕と幸せになるべきだよ。初めから、そう定められているのだから……おとなしく従うべきだ」

何かが吹っきれたように、お兄さまは笑みを深める。静まり返っていたはずの瞳には、いつのまにか歪んだ熱がにじみ始めていた。

「そんな……そんなこと、許されませんわ、お兄さま。私たちは……兄妹なのに」

「君はいつもいつもそれを盾に使うけど……君自身の気持ちを話してくれたことはないよね。だから僕は君の心を暴くしかなくなるんだよ。君が、僕に心を開いてくれればいい話なのに」

お兄さまの長い指が、胸の真ん中を差し示すように触れる。とくとくと早まった鼓動は指先から伝わってしまうだろう。

お兄さまなら、指先一本で私の心臓の中まで触れられそうだ。文字通り命を握られているような気がして、嫌な汗が浮かび上がる。

ドレス越しに立てられた爪が、わずかに肌に食い込んで、鈍い痛みを呼び起こした。

「お兄さまだって――」

押し倒された体勢のまま、言葉で精いっぱいの抵抗を見せる。

「お兄さまだって、私に隠しごとばかりなさっているわ」

昔からそうだ。肝心なことは何も話してくださらない。

それだけ、私が信頼されていない証なのだとも思うが、私の心を求めるのなら、お兄さまだって何もかもさらけ出してほしかった。

口答えをするなんてかつては考えられなかったはずなのに、いつから私はこんなにも変わってしまったのだろう。

色の違うお兄さまのふたつの目が、不快感を表すようにわずかに揺らぐ。

「よく言う。こうでもしなければ、君は僕のそばになどいてくれなかったくせに」

「わからない……わからないんです、お兄さまの仰っていることがなんなのか」

思わず両手で顔を覆い、小さく首を横に振る。

ユリス侯爵令嬢は掟を破っていたのだから、彼女と婚約破棄をすると決めたことには納得できるとしても、この期に及んで私を選ぼうとするお兄さまの考えはまるでわからなかった。

「私はもう……お兄さまとは幸せになれません。たとえ兄妹ではなかったとしても、今の私はあなたを選ばない」

私はもう、鎖から解き放たれてしまった。

お兄さまのいない、自由な外の世界を知ってしまったのだ。

……クラウス、あなたが教えてくれたのよ。

私の手で作った暗闇を壊すように、お兄さまは私の手首を摑んで顔面から引き離した。

両手を押さえつけるお兄さまの手は振り払えないが、もうお兄さまには流されないのだと、意志を込めて改めて彼を射抜いた。きっと、感情の読めない笑みが返ってくるのだろう。

だが、私の予想に反して、お兄さまは痛みに耐えるように表情を歪ませていた。

まるで、私の言葉に傷ついたと言わんばかりに。

「……っ」

……どうして、そんな表情をするの。

お兄さまを好きではない私の言葉なんかに、傷つかないでほしい。お兄さまを蔑ろにする私なんて尊重する必要はないのだと、切り捨ててほしい。

鎖から解き放たれても、情がなくなったわけではない。お兄さまの悲しげな顔は、思っていたよりもずっと深く心を抉った。

お兄さまは、何も言わずに、押さえつけている私の両手首に爪を立てた。そのまま脈打つ血管をなぞるように、薄い皮膚を引っ掻いていく。

「そうか……あいつがいけないんだね。あいつが君を惑わせたから、君にこんなことを言わせているんだね」

お兄さまが触れた箇所から、ずきずきとした痛みが呼び起こされる。

「――『贄』の分際で、君に触れるなんて」

軽く引っ掻くような触れ方とは打って変わって、抉るように肌に爪を立てられる。鋭い痛みに、びくりと肩を震わせた。

「……っやめて、お兄さま」

「ぜんぶ、戻さないとなあ……。あいつが、不躾にも君の心に触れる前に」

お兄さまは、指先についた私の血を舌先で舐めとりながら、酔いしれるような笑顔を見せる。

抱きしめあっているときも、手を繋いでいるときも、お兄さまはこんなに幸せそうな表情を見せたことはなかった。

「やっぱり、フィーネの血はおいしいね。……今回はどれだけ貰おうかな」

……やっぱり？　今回？

まるで前があったかのような言い方に、胸騒ぎが治まらない。

吸血鬼同士の吸血は禁忌だ。いくらお兄さまでも、禁忌に触れたことはなかったはずなのに。

「駄目……お兄さま――」

「――駄目じゃないよ。おとなしくしていたら、痛くしないであげる」

笑うように囁いて、お兄さまは私の首筋に顔を埋めた。

ずきり、と鋭い痛みが走ると同時に、血があふれ出していく。

お兄さまは、それをこぼさず飲み干していた。早鐘を打った心臓が脈打つたびに、力が抜けていくようだ。

「っ……誰、か——」

目いっぱい声を張り上げ、助けを呼ぼうとしたが、お兄さまはそれを許さなかった。すぐに口もとを手で押さえられてしまい、もごもごとした呻き声しか出せなくなる。

……駄目なのに。こんなのは、許されないのに。

痛みと、禁忌に触れる恐怖で、ぽろぽろと涙があふれ出た。

……クラウス。

意識とともに、彼の笑顔が薄れていく。薄紅色の花びらが、彼の姿を覆い尽くして隠してしまう。

……前と、同じだわ。

よくわからない既視感を覚えたのを最後に、ふっと目の前が暗くなった。

暗闇の中で、くつくつと笑い声がする。いつになく満ち足りた声は、明らかにこの状況を楽しんでいた。

誰よりも吸血鬼らしく残酷なお兄さまに、所詮私は敵わないのだと思い知る。

吸血鬼に捧げられる「贄」はきっとこんな気持ちなのだろう。恐怖と、割りきれない親しみの情が、切れたはずの鎖を再び繋いでいく。

重たい鎖に引(ひ)きずられるようにして、気づけば私は夢すらも失っていた。

◇

薄紅色の花びらが舞い散る窓の外を眺めながら、主の姿を探す。

彼女は護衛騎士である僕を連れずに出歩くから、自覚が足りなくていけない。自分の身がどれだけ尊く大切なものなのかわかっていないのだ。

鍛錬の時間以外は、彼女に付き添うことに決めていた。彼女が時折窮屈そうにしているのは知っているが、慣れてもらわなければ困る。この先一生、ともに生きていく定めなのだから。

彼女の願いならばどんなことでも叶えるし、誰にも傷つけさせないと決めていた。彼女に初めて会ったあの日から、ずっと。

──はじめまして。今日から、あなたが私の騎士なのね。

初めて顔を合わせたあの日、豪奢(ごうしゃ)な布張りの椅子にちょこんと腰掛けながら、彼女はわずかに微笑んだ。

幼いながらに大人びた雰囲気のある、おちついた少女だった。纏う雰囲気はどこか神秘的で、同年代の少女とは明らかに違う何かがある。

彼女のあやめ色の瞳が綺麗で、僕はしばらく言葉も忘れて見入っていたものだ。

女王ではなく「贄」の父親に似たその瞳は、彼女が忌避される象徴でもあったが、それを加味しても美しく、僕はひと目で心を奪われてしまった。

……ああ、彼女こそが、僕の主で、一生をかけて愛し抜くべきひとなのだな。

理屈とは無縁のところで、すとん、と納得した。

ひょっとするとひとはそれを、ひと目惚れと呼ぶのかもしれないが、そんな言葉では表しきれないほど深く、僕は彼女に心を奪われてしまった。

それ以来、ずっと彼女に心臓を握られているような心地だ。

僕は彼女を守るべき「騎士」なのに、彼女を見るたび、彼女に捧げられる「贄」になったような気分になる。

……「贄」はあいつのほうなのに。

鬱々とした気持ちを抱えながら城内を歩いていると、ふいに、窓の外からはしゃぐ彼女の声が聞こえた気がして足を止めた。

庭の隅にそびえたつ、薄紅色の花の木の下で、彼女は満面の笑みを浮かべていた。憂いや翳りとは無縁の、晴れやかな愛らしい笑顔だ。

僕の知らないその笑みに、呼吸も忘れて目を奪われてしまう。

彼女は、僕の前ではそんなふうに笑わない。あんなふうに、年相応の少女の姿を見せたりしない。

木陰で芝生に座る彼女のそばには、忌まわしいあいつの姿があった。

花冠を作ったらしく、うやうやしく彼女の頭に載せている。彼女には、あんな雑草で作った冠ではなく、本物の王冠が待っているというのに。

それでも彼女は嬉しそうだった。僕には見せない笑顔を浮かべて、きらきらと輝いた目であいつを見上げている。

そこに、あいつに向けられた好意を見つけるのはそう難しいことではなかった。

彼女の笑顔を見たあいつは愛おしげに彼女の頭を撫でた。薄布で隠された顔にはきっと、慈しむような笑みを浮かべているのだろう。

今はまだ微笑ましいだけのそのやりとりが、数年後には明確な恋の色と熱を帯びることは目に見えている。

……駄目だ。彼女の恋の相手は、僕でなければならないのに。

この国では、古くからそう決まっている。女王の伴侶となるのは護衛騎士。「贄」は所詮、女王の食事でしかない。

……あいつは、女王の心に触れられる存在ではないはずなのに。

伯父も──現女王の護衛騎士も、こんな気持ちで女王と「贄」を眺めていたのだろうか。どれだけ長い間苦しんだのだろう。

……僕は、二の舞にはならない。

居ても立ってもいられず、城の中から飛び出した。

今日はよく晴れていたが、日差しを気にする余裕もない。じりじりと皮膚を焼き溶かすような陽の光を浴びながら、彼女のもとへ急いだ。

「フィーネさま」

息を切らしているのを悟られぬよう、無理やり呼吸を抑え込んで彼女のそばへ歩み寄る。彼女と、彼女の「贄」の視線が同時に僕に向けられた。

「……どうしたの？」

先ほどまでの笑顔は嘘のように、彼女は静かな声で問うてきた。

やはり、僕にあの笑顔を向けるつもりはないらしい。

「……まだ昼間です。日差しがお体に障ります」

あいつも一応その点は気をつかっているらしく、彼女は完全に木陰の中にいたが、それでも屋内よりは危険だ。薄いレースで覆われた窓の内側で、静かに過ごしてもらわなければ。

「綺麗な蝶々(ちょうちょう)を見ていただけよ」

「蝶が見たければ、標本がございます」

「生きている蝶々のほうが綺麗だわ。……すこしくらい、いいでしょう？」

彼女は、僕の登場で明らかに気を悪くしたようだった。いつでもどこでも現れるから、うんざりしているのかもしれない。

……でも、僕から会いに行かなければ、あなたは僕のことなんて忘れてしまうのでしょう。

ぎゅ、と指先を握り込むように拳を握りしめる。

彼女にあんな晴れやかな笑みを向けてもらえるあいつが、妬ましくて羨ましくてならなかった。

心の中が、もやもやとした黒いもので埋め尽くされていく。重くて、苦しくて、彼女へ抱いていた憧憬と恋情が翳る気がした。

ぽたり、と汗が一筋滴り落ちる。

雲ひとつなく晴れわたった空の下は、目眩を呼び起こすほどに気分が悪かった。

だが、日差しの熱を切り裂くように、彼女の綺麗な声が僕にかけられる。

「……日差しが体に障るのはあなたも同じでしょう。そこは危ないわ。早くこちらへいらしたらどう？」

彼女は木の幹に寄りかかったまま、ぽつりと告げた。

あの日、僕がひと目で心を奪われた、静謐なあやめ色の瞳で。

「……っ」

これだから、彼女は厄介だ。

いつもぎりぎりのところで、僕の心に立ち込めた黒い霧を晴らしてしまう。僕のことなんか好きではないはずなのに、蔑ろにはしないその中途半端な優しさが、いっそ憎らしくもあった。

「……『贄』と同席する趣味はありませんので、遠慮します。……早く城内へお戻りになりますよう」

彼女に改めるよう頼まれた呼び方をあえて繰り返して、ふたりに背を向けた。

じりじりと照りつく日差しのせいで、今にも倒れそうな程に気分が悪かった。それ以上に、このまま彼女のそばにいたくはなかった。

まっすぐに城内へ飛び込んで、人気のない廊下でうずくまる。

窓から差し込んだ陽の光のなかに、ちらちらと花びらの影が散っていた。彼女の髪と同じ色の、あの花が散っているのだろう。

「っ……フィーネ、さま」

窓の真下の影で、呻くように彼女の名を呼ぶ。汗とともに、ぽろぽろと涙がこぼれ落ちていった。

彼女は、あいつのどこが好きなのだろう。不躾にも彼女に対等な口を利くところだろうか、城の外の世界を知っているところだろうか。

……いったい、どうすれば君は——。

「——僕にもあんなふうに、笑いかけてくれるのでしょうか」

嗚咽まじりに、返事のない問いかけを口にする。

虚しさが、麗らかな春の日を灰色に染めていくようだ。

「フィーネさま……フィーネ、さま」

彼女の名前を呼ぶだけで、ほんのすこし救われるような気持ちになるのだから、僕はもうとっくに手遅れだ。

心と心臓を握られて、感情も命もすべて彼女次第で傾く僕のどこに自由があるというのだろう。

あいつよりもよっぽど、僕のほうが彼女に囚われている「贄」だった。

「大嫌いだ……」

膝を抱えるように俯いて、呪いのような言葉を吐く。

大嫌いだ。いっそいなくなってくれたら、この心も晴れるのに。

面倒な年下の姫の護衛任務からも解放されて、僕は僕を愛してくれるかもしれない他の誰かを探しに行けるのに。

けれども、そんな未来にすこしも心を動かされない自分がいることには、もうとっくに気づいていた。

身動きがとれない。彼女に囚われたまま、前にも後ろにも進めない。

ぐちゃぐちゃの感情を吐き出すように、泣きながら笑った。

窓から盗み見た、彼女の満面の笑みが眼裏から離れてくれない。

僕にはきっと一生向けられない、あの晴れやかな笑顔が。

嫌いだ、大嫌いだ。君の魔性が仇なして、身を滅ぼすほどの破滅を招けばいい。あいつに見捨てられて、苦しみながら壊れればいい。何も成さず生まれてきた意味も見つけずに、忌み嫌われた姫のまま、あっけなく虚しく死んでくれ。

「……フィーネ」

それくらい、僕は君を、誰より深く愛している。

◇

腕の中で、「妹」であり仕えるべき主でもある少女が、すうすうと寝息を立てている。

白く細い首もとには、痛々しく包帯が巻かれていた。

彼女が眠っているのをいいことに、ずいぶんと遠くまで来てしまった。伯爵家が所有する別邸の中でも、ここがもっとも王都から距離がある。

彼女の横に寝そべったまま、フィーネを抱きかかえるように引き寄せる。ふわり、と立ちのぼる甘い香りに目眩がした。

窓の外には、濃い霧が立ち込めていた。僕らにとってはありがたい天候だ。

一年中立ち込める霧のせいでよく見えないが、川を隔てた向こう側には僕たちの故郷があるはずだった。

人ならざるものと不思議な術が栄えていた亡国メルヴィル——今から八年前に滅んでしまった、幻想の国が。霧が晴れたら、荒れ果てた彼の国の様子がすこしはわかるだろうか。

それを見てもフィーネは、きっとなんの感傷も呼び起こさないのだろう。そう仕向けたのは他でもない僕だった。

力の強い吸血鬼には、血とともに記憶を奪う力がある。吸血鬼の名家である「騎士」の一族に生まれ、銀髪と深紅の瞳を持つ僕も例外ではなかった。

生まれながらに与えられたこの力を存分に使って、聖国メルヴィルが滅びたあの日、僕は自分の仕える主の血とともに記憶を奪った。こんこんと眠り続ける彼女を連れて、この国に逃げ延びてきたのだ。

そうして「騎士」の一族に縁のあるクロウ伯爵家の協力を得て、幼少期の記憶をすべて失った彼女に、「兄」と名乗って偽りの家族を与えた。

クロウ伯爵家で過ごした八年間は、それなりに満ち足りていたと思う。いつでも彼女はそばにいたし、ほとんど僕の思うがままに操ることができた。このまま彼女を縛りつけていられると思っていたのに。

……結局お前が、彼女を囚える鎖を断ち切ろうとするんだな。

忌々しい「贄」の分際で、よくも。

「クラウス・エイベル」という名を与えられ、しぶとく生き延び、再びフィーネの前に姿を現した「贄」をこの上なく疎ましく思った。

……だが、もうお前はフィーネに触れられない。

嘲笑うように頬を緩め、彼女の母が――亡国メルヴィルの最後の女王がよく歌っていた子守唄を口ずさむ。

人を惑わす妖艶な声で、女王はそれを時折フィーネに聴かせていた。

公の場で女王がフィーネを可愛がることはなかったが、愛してはいたのだろう。国の掟を破ってまで産んだ姫なのだ。フィーネが眠ったあとに、よく女王の「贄」とともに彼女の寝顔を見に来ていた。

女王と「贄」が愛おしげにフィーネの頭を撫でる姿は、どこからどう見ても温かな家族の姿だったが、僕からしてみればフィーネとあいつの未来の姿を見せつけられているようで複雑な気分だった。

本当ならば、女王の隣で幸せそうに微笑むのは、僕の伯父である女王の護衛騎士だったはずなのに。

女王は、ほんのすこしでも伯父の気持ちを思いやったことがあっただろうか。伯父がどれだけ女王に恋焦がれていたか、ほんのひとかけらでもいいから知ってくれていたのなら、あの国は滅ばずに済んだのではないだろうか。

……いや、どうかな。何を言われても、伯父は女王を許さなかったかもしれない。

聖国メルヴィルは、女王の護衛騎士が「贄」の暗殺を企(たくら)んだことをきっかけに起こった紛争で滅んだ。もちろん、そこにあったのは単なる恋愛感情だけではない。「贄」と「騎士」の一族で権力を分散させることで均衡を保っていた国なのに、「贄」が女王の心も権力も独占するから、あんなことになったのだ。「騎士」の一族が黙っているはずもない。せめて次代の女王であるフィーネを伯父の養女にする案もあったというのに、女王はそれを拒んだというのだから救いようがない。

一連の話から推測するに、伯父は相当、女王に嫌われていたのかもしれない。あるいは、ひとかけらの興味も抱かれていなかったかの、どちらかだ。

……僕も似たようなものだな。

自嘲気味に笑いながら、眠るフィーネの頬を撫でる。

くすぐったかったのか、わずかに眉をひそめ、みじろぎをするのが可愛かった。いつまでも見ていられる。

フィーネのそばにいられるなら、兄としてだろうが「騎士」としてだろうがどちらでも構わない。彼女が僕に向ける感情は恋でなくともいいから、彼女の世界が僕だけで染まればいいと思っていた。

フィーネの首筋に顔を埋めるように、眠る彼女を背後から抱きしめて、縋りつく。

このままこうしていられるのなら、他には何もいらない。

僕には、フィーネだけがいればいい。

でもきっと、フィーネは僕だけでは満たされないのだろう。

「フィーネ……」

血をたくさん奪ったせいか、ただでさえ白い彼女の肌は青白く透き通るようだった。

それに罪悪感を覚えない程度には、感情が鈍っている。残るのは、彼女への狂おしいほどの愛しさだけだ。

彼女にとって、僕は化け物のような存在だろうか。それも悪くない。

僕はずっと彼女に心臓を握られた「贄」でしかなかったのだから、そろそろ彼女にも僕の「贄」になってもらおう。

「幸せになろう、フィーネ。ふたりきりで」

眠る彼女の左手を手繰り寄せ、薬指にくちづける。

この細い指には、鎖のような指輪を飾ろう。

彼女を壊しかねないほどの憎悪と、深い深い愛をこめて。

◇

「ん……」

みじろぎをしながら、ゆっくりとまぶたを開ける。

知らない場所の匂いがした。薄暗い視界の中で、天蓋から下ろされた白いカーテンが揺れている。

上体を起こせば、薄手のカーテン越しに燭台の明かりが見えた。カーテンの色といい、燭台の配置といい、どうやらここは私の部屋ではないようだ。

……どこ、なのかしら。

どうして自分の部屋でない場所にいるのか、まるで思い出せない。

不安に思いながらも、自分の手でカーテンを開けることも憚られ、寝台の上に座りこんだまままきょろきょろとあたりを見回す。

「フィーネお嬢さま、お目覚めになりましたか」

寝台のそばから慣れ親しんだ声が聞こえてきて、ほっと胸を撫で下ろす。この声は、ローラだ。

ゆっくりとカーテンが割り開かれたのを見て、ようやく寝台の縁に腰を下ろす。いつもと違う白いネグリジェの裾がふわりと揺れた。

「ローラ……ここは？」

部屋の中を見渡せば、見慣れぬ調度品で埋め尽くされていた。クロウ伯爵邸は黒で統一されているけれど、この部屋の中にはさまざまな色がある。決して派手ではないが、どれも上等な調度品ばかりであることはよくわかった。

何かとても怖いような、痛いようなできごとがあったような気がするけれど、思い出せない。思い出そうとすると、ずきずきと頭が痛んで遮られてしまう。

「ここは、クロウ伯爵家の所有する別邸のひとつです。……お嬢さまは、ここへ療養にいらしたのですよ」

「療、養……？」

何のことかわからず、何度か瞬きを繰り返してしまう。ローラの灰色の瞳が一瞬揺らいだが、すぐに慎ましやかな微笑みが浮かんだ。

「お嬢さまは、お城で開かれる舞踏会へ向かう途中で事故に遭われたのです」

「事故……？」

そう言われても、何も思い出せない。

だが、ローラの言葉を証明するかのように、首や頭に包帯が巻きつけられている。

「……頭を強く打っておいででしたので、ひょっとすると、あの日のことは覚えていらっしゃらないのかもしれませんね」

ローラは軽く眉を下げて、労るように微笑む。

「しばらく療養が必要とのことでしたので、別邸にお連れした次第です。ノアさまも、一緒にいらしていますよ」

「お兄さまも……？」

どくん、と心臓が跳ね上がる。

一緒に過ごせる喜びと、こんなところにまで付きあわせてしまった罪悪感に胸が締めつけられた。

「でもまずは『目覚めの食事』をいたしましょうね。それから身なりを整えて、ノアさまにお会いしましょう」

ローラの提案に、こくりと頷く。事故に遭って体力を消耗しているだろうから、血を飲まなければ動けなくなってしまうだろう。

差し出されたローラの左手首に、睫毛を伏せてかぶりつく。

いつも通り、思わず眉をひそめて五口ぶんを飲み干した。

人の血の味をおいしいと思ったことは、いちどだってなかった。

「フィーネ、ようやく目が覚めたんだね。心配したんだよ」

寝台の上に座る形でお兄さまと対面するなり、彼はぎゅう、と私の体を抱き寄せた。大好きなお兄さまの香りと、血の臭いがする。

「お兄さま……ご心配をおかけしてしまい、申し訳ありません。それに、こんなところまでついてきていただいてしまって……」

聞けば、ここはクロウ伯爵家の所有する別邸の中でも、もっとも王都から離れた場所にあるのだという。

「そんなふうに思う必要はない。君のいる場所が、僕の居場所だよ」

甘く囁きながら、お兄さまは私の額にくちづけた。疼くようなくすぐったさに、はにかんでしまう。

「私は、事故に遭ったのですよね……？　お兄さまは大丈夫なのですか？」

舞踏会に向かう途中で負傷したというのなら、私はお兄さまと一緒にいたはずだ。私が頭を打ちつけるほどのひどい事故なら、お兄さまだって怪我をしていてもおかしくない。

「僕はすこしすりむいた程度で、もう平気だよ。フィーネのほうがずっとひどかった

「……」

お兄さまの声は切なげに掠れていた。労るように、後頭部を撫でられる。痛くはないが、怪我をしたのはそこなのかもしれない。

「君が眠っている間は、気が気じゃなかったよ。……本当に怖かった」

「ごめんなさい……お兄さま」

「謝らないで。……ふたりきりで過ごすきっかけができたと思えば、結果的には悪いことばかりじゃない」

じゃれつくように、お兄さまの唇が頰を掠める。

あまりのくすぐったさに、思わず声を上げて笑った。

「ふふ、お兄さまったら」

王都から遠く離れた場所へ来たせいか、いつもより閉塞感が薄れている気がする。

お兄さまに甘える仄暗い幸福に溺れながら、そっと彼の肩にもたれかかった。

ここが、私が羽を休める場所で、私の鳥籠なのだと痛いほどわかっていた。

お兄さまの低い体温に酔いしれていると、ふと、彼の肩越しにローラと目が合った。

彼女はどこか青ざめた表情で、私たちを見守っている。

……どうしたのかしら。

不思議に思いながらも、その思考はお兄さまの囁きで中断されてしまった。吐息を溶かし込むような囁きが、耳に直接送り込まれたのだ。

「……フィーネ、このまま僕と、ここでふたりきりで暮らそうか」

決して、冗談を言っている声音ではなかった。お兄さまは真剣に誘っているのだと悟って、心臓がうるさく騒ぎ出す。

この囁きを受けてしまえば、私たちは仄暗い幸福に溺れたまま二度と戻れなくなるのだろう。曖昧に微笑んで、そっとお兄さまの肩から頭を離す。

「ふふ……そういうわけにも参りませんわ。私にもお兄さまにも、婚約者がおりますもの」

自分でそう言ってから、はっとした。

……え？　婚約、者？

お兄さまに縁談がいくつかあることは知っている。その中の最有力候補が、隣国のユリス侯爵令嬢だということも。でもまだ、正式な婚約には至っていないはずだ。

何よりも、私にも婚約者がいると思ってしまったのが不可解だ。

……私に縁談なんて、いちどだって――。

ずきり、と頭に鋭い痛みが走る。

眼裏に、薄紅色の花びらがちらちらと散っていた。

「……っ」

——どうして……あいつの妹になんか生まれたんだ。

知らないはずの声なのに、聞いていると胸がぎゅう、と締めつけられるようだ。

これは、いったいなんなのだろう。

気味が悪いはずなのに、その声を、もっと聞いていたいと願ってしまう。自分が自分でなくなっていくような、妙な感覚だった。

「お兄さま……私……」

助けを求めるように、お兄さまを見上げる。

そこには、氷のように冷え切った瞳があった。

ぞわり、と背筋が粟立つ。

「ああ……まだ中途半端だね。戸惑わせてしまってごめんね、フィーネ。僕もちょっと感覚が鈍ったかな……」

ひとりごとのように呟いたかと思うと、お兄さまはしゅるしゅると私の首もとの包帯を解き始めた。

「お兄、さま……？　何をするの……？」

私のためらいなど意に介せず、お兄さまは解いた包帯を床に投げ捨てる。

白い包帯には、乾いた血の痕があった。

「次でぜんぶ、忘れさせてあげるよ」

笑うようなお兄さまの声を最後に、突然首筋に痛みが走る。数瞬遅れて、先ほどまで包帯で隠されていた首筋に彼が噛みついたのだとわかった。

「っ……お兄さま、何を……！」

思わず彼の肩に手を押し当てて逃れようとするも、ひ弱な私の腕ではとてもじゃないが敵わなかった。脈打つたびに、ずきずきと首筋に鋭い痛みが走る。

……この痛み、私、知っているわ。目覚める前もこうやって、お兄さまに――。

痛みとともにそのときの記憶が鮮烈に蘇ったが、すぐに意識が溶けていく。お兄さまの肩を押す手にも力が入らなくなってきた。

目尻から、涙がぽろぽろとこぼれ出す。

それが痛みからくるものなのか、混乱しているせいなのかわからなかったが、この状況がただただ、息苦しくてならなかった。

……助けて。

夏の風のような目を持つ、私の大切なひと。

顔も名前も思い出せないのに、不思議な愛しさだけが胸を占めていた。

まるで、呪いのような恋心だ。

薄暗くなる視界の中で、お兄さまが私の首筋から顔を上げる。

唇についた真っ赤な血を舌先で舐めとる様は、ぞっとするほど残虐で、凄艶だった。

禍々(まがまが)しく光る赤い瞳は、彼が吸血鬼の中の吸血鬼なのだと知らしめているようで、力のない私はただただ身を震わせることしかできない。

「……次こそ、僕を見て笑ってくださいね、フィーネさま」

縋るような、切なげな声で呟いたかと思えば、彼は血の付いた唇で、そっと私の涙を奪うように目尻にくちづけた。

その感触を最後に、私の意識はふっと途切れる。

首筋に与えられるこの痛みは、この先もきっと繰り返されるのだろう。

あまりにも不吉で残酷な予感が、見えない鎖となって私を絡めとるようだった。

第六章　贄の永恋

よく晴れた青空の下、クロウ伯爵邸の門をくぐる。

今日は、フィーネとの約束の日だ。湖のそばの東屋で、彼女に晴れた日の水面を見せる約束だった。

願い通りに晴れてくれたことを嬉しく思いながらも、日差しには気を遣わなければならないと自身を戒める。陽の光に弱いフィーネが、体調でも崩したら一大事だ。

そこまで考えて、ふ、と小さな笑みが込み上げる。

……あいつとの約束を楽しみにする日が来るなんて。

「最愛」のひとのことを、忘れたわけではない。ノアのことは今でも恨んでいる。

だが、復讐はもう、フィーネを利用しないかたちで果たすと決めていた。それを言葉にしないのは、俺とフィーネを結ぶものが脆い「契約」ただひとつしかないからだ。

……すこしは、あいつも俺に心を開いてくれていると思っていいんだろうか。

彼女が公爵邸に泊まった夜を思い出して、わずかに脈が早まった。

出会ったときよりはかなり親しくなったように思っているが、彼女も同じ気持ちであれば嬉しい。恋人とは到底呼べないだろうが、せめて友人のように思ってくれていたらよかった。

……今日も、喜んでくれたらいいんだが。

フィーネの笑顔を思い描きながら、伯爵邸の扉をノックする。

扉の向こうから現れたのは、灰色の髪をきっちりとまとめ上げた見慣れぬ侍女だった。

侍女は、俺の顔をひと目見るなり、簡単な挨拶をして屋敷の奥へと案内した。

どうやら婚約の話をしに来たときと同様に、応接間に案内されるようだ。フィーネの支度にはまだ時間がかかるのかもしれない。

だが、しばらくして姿を現したのは、フィーネではなくクロウ伯爵夫妻だった。フィーネが来てくれると思っていたばかりに、驚いてしまう。

「クロウ伯爵、夫人……」

ソファーから立ち上がり、ふたりを出迎える。

夫妻の表情はどこか暗かった。なんとなく、胸騒ぎがする。

「……フィーネは？」

挨拶もそこそこに、胸騒ぎを晴らすべく切り込んでしまう。ふたりの纏う重苦しい空気を感じ取って、心臓が早鐘を打っていた。

「フィーネは来ません。……二度と、あなたに会うこともないでしょう。申し訳ありませんが、婚約は破棄とさせていただきます」

「……は？」

何の前触れもなく告げられた衝撃的な事実に、礼儀を保つことも忘れてしまった。

……フィーネと、二度と会えない？

だめだ。そんなことは絶対に許されるはずがない。

俺の何かが気に障ったのだろうか。会いたくないほどの理由ができてしまったのだろうか。

……フィーネ、どういうことだ。

「……一方的にこんな話をされて受け入れられるはずがない。フィーネと直接話をさせてください」

「それは……できません」

伯爵夫人が、弱々しく答えて俯く。彼女の回答に違和感を覚えた。

「できない？　フィーネが嫌がっているのではなく？」

夫妻は答えなかった。以前訪ねたときには優雅で穏やかなふたりだったのに、今は怯えているようですらある。

……彼らの意志でもないのか？

「婚約破棄は……誰の意志ですか。フィーネではありませんね」

かたちばかりとはいえ「契約」が続いている以上、彼女から婚約を破棄するとは到底思えない。

断定するような俺の言い方に、伯爵夫妻は気まずそうに視線を逸らした。

「……ノアが、関わっているんですか」

しん、と応接間に静寂が訪れる。夫妻の沈黙は、おそらく肯定の証だった。

思わず舌打ちしたくなったが、まだふたりから聞き出さなければならないことがある。

「フィーネはノアと一緒にいるのですか？　この屋敷には……いないのでしょうね。あいつが何か強硬手段に出たなら、いつまでもここにいるはずがない。どこへ行ったかご存知ですか？」

「……私たちにもわからないのです」

「どうして引き止めなかったんです。あなた方は彼らの親なのに」

多少の苛立ちを込めて問いかければ、夫人は苦笑するように窓の外を眺めた。黒いレースに覆われた窓は、どことなく息苦しい。

「どうでしょうね……フィーネはともかく、ノアは私たちのことを親とは思っていないでしょう。私たちは――フィーネの世界を守るために、家族を演じていたに過ぎませんから」

「どういう……ことですか」

伯爵夫人の赤い目が、まっすぐに俺に向けられる。

美しいひとだが、こうして見ればフィーネにもノアにも似ていないように思えた。

「私たちは、あのふたりを保護しているに過ぎません。彼らは本来なら……私たちが、関わることも許されない特別なひとたちなのですから」

……フィーネはクロウ伯爵家の令嬢ではない？

「まさか……ノアとフィーネも兄妹ではないのですか」

「はい」

それを聞いて、意外には思わなかった。

初めてフィーネに接触したあの日、ノアがフィーネに向けるまなざしは、どう考えても実の妹に向ける類のものではなかったのだから。

ある意味では安心したと言ってもいいが、フィーネを慕わしく想う者としては厄介な展開だ。あのふたりを、「兄妹だから」という倫理的な理由で引き離せなくなる。

「……フィーネはそんなこと、ひと言も言っていませんでした」

「あの子は知りませんからね。幼いころの記憶がないもので……ノアの意向で、フィーネにはこの家の娘だと言い聞かせて育ててきたのです。使用人たちにも、ノアとフィーネが養子であることを彼女に決して悟らせぬよう徹底していました」

「フィーネの、記憶が……ない？」

俺と同じだ。幼少期の記憶を失っていることといい、薄紅色の花びらにまつわる夢を見ることといい、俺たちには共通点が多すぎる。

それらをすべて無関係と考えるのは、おそらく不自然な話だろう。

逡巡したのち、意を決して上着から銀のロケットを取り出す。

「最愛」の彼女がくれたものが、俺とフィーネの秘密を明らかにする鍵になってくれるかもしれなかった。

「あなた方は……亡国メルヴィルについて何かご存知ですか。この薄紅色の花びらを見たことは？」

思わず夫妻との距離を詰めて、ロケットの中身を見せる。

何年経っても色褪せない、不思議な薄紅色の花びらが空気の流れにわずかに動いた。

「これは……『女王の幻花』？　まさか、まだ残っていたなんて……」

驚きに目を瞠（みは）ったのは、夫人のほうだ。伯爵は何の花かぴんときていないようだった。

……「女王の幻花」か。

植物図鑑にも幻の花と書かれていたが、あながち間違いではなかったようだ。王城に咲いているという記載といい、あの図鑑を編んだ人間はなかなかいいところをついている。

「夫人、あなたは何かご存知なのですね？」

「……ええ、私は、亡国メルヴィルから嫁いできましたから」

霧と謎に包まれた、亡国メルヴィル。父に尋ねてもろくな情報を集められなかったが、夫人が彼の国出身というならば期待できるかもしれない。

「どうか、あなたの知っていることをすべて……教えていただけませんか」

夫人の瞳が、戸惑うように揺れる。頼みの綱はもう夫人しかいない。

……こんなところで、フィーネとの縁が切れてたまるものか。

その意志を込めて夫人の瞳を見据えていると、彼女はふっと微笑んだ。

顔合わせのときのような、優雅で品のいい微笑みだ。夫人には、この表情のほうがよく似合っている。

「あなたは……フィーネに恋をしているのね」

夫人の手が、包み込むように俺の手に添えられた。まるで励ますような温かい仕草だ。

「わかりました。本来なら……神官であるあなたに秘密を明かすことは決してあり得ないのですが……きっと、私たちの正体にはもうお気づきなのでしょうね」

夫人は静かに笑って、俺を見つめた。

否定せずに、そのまなざしを受け止める。信じてもらえなければ、フィーネにもういちど会うことはきっと叶わない。

「あなたのようなひとを、フィーネはずっと待っていたのかもしれません。……私の知っていることは、すべて教えて差し上げます。──その花があるなら、あなたにもまだ勝ち目はあるわ。どうかフィーネを、助けてあげて」

「……ありがとうございます、夫人」

その信頼に応えるように、夫人の手を強く握り返した。

ノアと一緒にいることがフィーネの意志でないのなら、必ず彼女を連れ戻してみせる。

そうして、今度こそ彼女を連れて行くのだ。陽の光を映して輝く、美しい湖のほとりへ。あの場所で流した涙の記憶を、笑顔の思い出に塗りかえるために。

……今に見てろ、ノア。フィーネまで、お前の思い通りにはさせない。

今度こそ、彼女を縛る見えない鎖を、断ち切ってみせる。

◇

「フィーネお嬢さま……フィーネお嬢さま……！」

「ん……」

揺り起こされるような感覚に、夢の中から無理やり覚醒する。

重いまぶたをこじ開ければ、すぐに心配そうなローラの顔が飛び込んできた。

「ローラ……どうしたの？」

目覚めたときにそばに控えてくれていることはあっても、彼女から私を起こすことはなかったのに。

「ああ……よかった……本当によかった」

泣き出しそうな表情で、ローラは安堵の溜息をつく。

どうやら私は、彼女に何か心配をかけるようなことをしてしまったようだ。

微睡(まどろ)んでいる場合ではないと悟り、すぐに上体を起こした。だが、その拍子に激しい目眩に襲われてしまう。

「っ……」

ぐらりと揺らいだ視界が気持ち悪くて、思わず寝台に伏せってしまった。なんだか、寒くて仕方がない。

「お嬢さま！」

「……ごめんなさい、ちょっと、目眩がして」

どうにも体が気だるくて、ここがどこなのかもよく思い出せない。見慣れぬカーテンと馴染みのない匂いから、どうやら王都のクロウ伯爵邸ではないらしいことだけは理解する。

「ああ、お嬢さま……こんなに弱ってしまって……」

ローラは涙ぐむような声で呟いて、そのままぎゅっと私を抱きしめた。今日のローラはいつにも増して心配性だ。

彼女の温もりに包まれて、自分の体がひどく冷えていることに気がついた。先ほど寒いと感じたのは勘違いではなかったのかもしれない。

「……ローラ、寒いの。毛布を持ってきてくれる？」

白いネグリジェから覗いた腕は、自分でも信じられないほど青白かった。

「少々お待ちくださいませ！」

ローラは慌てた様子でどこかへ駆けて行ったかと思うと、毛布を抱えて戻って来た。そのまま私の肩に羽織らせるようにして、毛布で私の体を包み込む。これでずいぶん温かくなった。

「……ありがとう、ローラ」

はにかむように彼女に礼を述べれば、灰色の瞳は痛々しいものを見るように揺れた。

「っ……お嬢さま、どうか私の血をお飲みくださいませ。いくらでも飲んでいただいて構いませんから」

ローラはお仕着せの袖の釦を外し、手首をあらわにすると、そっと私の目の前に差し出した。

確かにこの体調不良は、血を飲めばいくらか改善されるのかもしれないが、今はどうにも気が進まない。小さく首を横に振って、ローラの手から視線を外した。

「……今はとても飲めそうにないの。それより、お水が飲みたいわ」

「しかし、お嬢さま、このままでは倒れてしまいます……！」

彼女の纏う緊迫感と、私の認識には、どうやらずれがあるようだ。ずきり、と痛む頭を押さえながら、ローラを見上げる。

「……倒れるほどの何かを私はしたの？」

この体のだるさにも、この場所にも、まるで心当たりがなかった。思い出そうとすると重苦しい頭痛に襲われて、それ以上何も考える気にならない。

「お嬢さま……お嬢さまは、ノアさまに――」

ローラの言葉を遮るように、扉を叩く音が響きわたる。瞬時に、ローラの瞳に怯えの色がまじった。

……ローラが怖がるなんて珍しいわ。

ローラの反応を不思議に思いながらも、来訪者の入室を許可すれば、やって来たのは銀の水差しとコップを手にしたお兄さまだった。

今日も今日とて、溜息が出るほど美しい姿だ。月影のような銀の髪を見て、心が凪いでいくのがわかった。

「……お兄さま」

どれだけ具合が悪くても、お兄さまの姿を見ると安心する。仄暗い幸福に胸を震わせながら、お兄さまの訪れを歓迎した。

「おはよう、フィーネ。喉が渇いたかと思って水を持って来たよ」

「お兄さま……ありがとうございます」

お兄さまは寝台のそばの椅子に腰かけると、手慣れた手つきで水差しからコップに水を注ぎ、私に差し出してくれた。本来ならばローラたちの仕事なのだろうが、お兄さまに甘やかされているようで嬉しくなる。

そのままゆっくりとコップの水を飲み干し、喉の渇きを潤せば、すこしだけ気分が晴れたような気がした。

「……体調はどう？」

お兄さまは、端整な笑みを浮かべながら私に問いかけた。左右で色の違う瞳にはどこか冷たさが漂っているが、私に寄り添おうとしてくれるその優しさに、ずぶずぶと飲み込まれていくようだ。

「……お兄さまのお顔を見たら、すこしよくなりました」

空のコップに両手を添えながら、頰を緩める。事情はわからないが、お兄さまがこうして顔を見せに来てくださったのは嬉しかった。

「お兄さま……実を言うと、どうしてここにいるのか——具合が悪い理由すらもよくわからなくて……」

おずおずと本当のことを打ち明ければ、お兄さまは私を安心させるように微笑んで、頬にかかった髪をそっと耳にかけてくれた。

「無理もないよ。君は体調を崩して倒れたんだ。今は、君の静養のために別荘に来ているんだよ」

「……そうでしたか」

道理で体が重たいわけだ。お兄さまに迷惑をかけてしまったことを申し訳なく思いながらも、こうして甘やかしてもらえることにはやはり喜びを感じてしまう。

「しばらくはここで休もう。ふたりきりで。……たまにはこんな休暇もいいだろう？」

「……はい、お兄さま。嬉しいです」

仄暗い幸福とわずかなためらいを覚えながら、こくりと頷く。

お父さまやお母さまの目がないところでお兄さまとふたりきりというのは、なんだかとてもいけないことをしているような気がして、ほんのすこし緊張してしまう。冷たい体に反して、頬がほんのりと熱くなった。

「長い間眠っていたから、食事の内容には気をつけないとね。もちろん、血も飲まなければいけないけど……まずは、栄養のあるスープでも作らせるよ。一緒に食べよう」

正直食欲はないが、お兄さまと一緒なら頑張れるような気がした。早く体調を戻すためにも、しっかり栄養を摂らなければならない。

「フィーネ……ひとつ訊いてもいい？」

お兄さまはそっと私の手を包み込みながら、微笑むように切り出した。

「はい、なんでしょうか？」

小首を傾げて続きを促せば、深紅の瞳にじっと捉えられた。

微笑んだままだが、いつになく真剣な瞳を前に、どくん、と心臓が大きく脈打つ。

「フィーネは……クラウスって知ってる？　クラウス・エイベル」

「クラウス、さま……ですか？」

耳慣れない名だった。だが、エイベルという姓のほうには心当たりがある。

「クラウスさまという方は存じ上げませんが……公爵家のひとつに、エイベル公爵家という家門があることは存じております。確か、神殿の主とも言うべき名家かと」

神殿事情に疎い私でも知っているくらいなのだから、神官の名家であることに間違いはないはずだった。

一生関わりはないだろうと思っていただけに、それ以上のことは何も知らない。知識不足を、お兄さまに叱られてしまうだろうか。

びくびくしながらお兄さまの反応を待っていると、ふと、彼が小さな笑い声を上げたのがわかった。まるで何かを嘲笑うようであり、満ち足りたような声でもある。

「……そっか、知らないならいいんだ。妙なことを聞いてごめんね？　フィーネ」

お兄さまはいつになく上機嫌な様子で、私に甘く微笑みかけた。

先ほど大きく跳ねた心臓が、忙しなく動き始める。

……突然、そんなふうに笑うなんて。

こんな表情は、初めて見る。何がそこまで彼を満足させたのかわからず、戸惑いは広がるばかりだった。

ふと、部屋の隅から視線を感じて顔を上げる。私とお兄さまが話している間は空気に徹するローラが、珍しくこちらを凝視していた。まるで、信じられないものを見たとでもいわんばかりに。

「……ローラ、大丈夫？」

優秀な侍女であるローラがそんな態度でいるには、何か理由があるはずだった。お兄さまの前ではあるが、思わずこちらから彼女に話しかければ、ローラはこちらを見たままびくりと肩を揺らす。

……怯えているの？　どうしたのかしら。

「……ローラ？」

「君、悪いがフィーネの食事の準備をしてきてくれないかな。フィーネのことは、僕が見守っているから心配いらない」

穏やかながらも暗に退室を促すお兄さまの言葉に、ローラは視線を伏せて慎ましく礼をした。

「……かしこまりました」

彼女が部屋を立ち去る間際、一瞬だけ、私を心配するようなまなざしが向けられた。よほど、私が寝込んでいたことが堪えているようだ。

「……ローラには悪いことをしてしまいました。体調を崩して、心配をかけてしまったようですね」

「過保護な侍女を持って君も大変だね」

「……お兄さまほどではありませんけれど」

ほんのすこし冗談めかして言葉を返せば、お兄さまはくすくすと楽しげな笑い声を上げた。

「心配をかける君が悪い」

そのままじゃれつくように、寝台に押し倒される。

お兄さまは指を折り曲げた部分で私の頰を撫でながら、甘く微笑んだ。まるで小動物を愛でるような仕草だ。

「……ずっとふたりでいよう、フィーネ。僕が君を幸せにするよ」

私に影を落としながら、お兄さまは額と額をすりあわせるように距離を詰めた。甘やかな触れあいに、仄暗い幸福感が募っていく。

「……私は今も、幸せです、お兄さま」

「よかった。……この先も、そばにいてくれる？」

「もちろんです。――私があなたの、右目になるわ」

銀の髪を指先で梳けば、血が溶け込んだようにくすんだあやめ色の瞳があらわになった。その目を見るたびにじくじくと胸が痛むのは、きっと一生続くのだろう。

「ありがとう。君がそばにいてくれるのなら……その動機が贖罪だろうが義務感だろうがどうでもいいよ」

縋りつくように、お兄さまは私の左手を引き寄せると、薬指に何か冷たいものを触れさせた。

「これ、は……」

「僕らがずっと一緒にいる証だよ」

吐息を溶かし込むような甘い声に、びくりと肩が跳ねた。

左手の薬指には、銀と薄紅色の細やかな鎖が絡みあうような意匠の指輪がはめられている。ふたりの髪色を連想するような色合いだった。

……私たちにぴったりね。

ふたりの薬指に繋がった見えない鎖が、しゃらしゃらと音を立てているような気がした。絡みつくように、心が縛られていく。

「……おそばにおります、お兄さま。いつまでも、ずっと」

彼の左手が、私の髪を指先で梳いていく。お兄さまの薬指にも、揃いの指輪がつけられていた。

この指輪を、公の場で堂々とつけられる日が来ないことくらい、私にもわかる。

それでも、今は互いに絡めとるようなこの関係に溺れていたかった。

偽物の恋でも、叶うかわからない約束でも、一緒にいられる理由になるならそれで構わないのだ。

縛られているほうが、安心できる。私はちゃんとお兄さまの右目を台無しにした罪を償えているのだと、勝手に満ち足りたような気持ちになれる。

お兄さまもきっと私のその醜い感情を見抜いていて、それでもいいからそばに置いてくださっているのだろう。お互いに、綺麗な想いばかりでないことはわかりきっていた。

お兄さまは私の前髪をかき上げると、上体をかがめて額にくちづけを落とした。

一瞬だけあらわになった右目と視線を絡め、そっと彼の後頭部に手を伸ばす。お返しと言わんばかりに、私もちゅ、と音を立てて彼の頬にくちづけた。

額が触れあうような距離で、再び視線が重なる。

左右で色の違う彼の目は、何かを切望するように熱を帯びて揺れていた。

「笑って、フィーネ」

彼の指先が、頬から口角にかけて掠めるようになぞった。

「……笑ってよ」

言われるがまま、微笑みを浮かべてじっと彼を見つめる。

彼はしばし私の微笑みを見下ろしていたが、満足したような様子は見受けられなかった。代わりにどこか寂しげに頬を緩め、すっと寝台から離れてしまう。

「……それじゃあ、おやすみ。いい夢を見るんだよ」

「はい……お兄さまも」

ぱたん、と閉じられた扉を見つめ、別れ際に垣間見たお兄さまの寂しげな表情に思いを馳せる。

笑うよう命じられ、言われるがまま微笑んだつもりだったが、どうやら彼の望む笑みではなかったらしい。

……どんなふうに、笑えばよかったのかしら。

お兄さまの渇きを満たせなかったことに、私もまた寂しさを覚えた。

いつか、なんの翳りも憂いもなく笑うお兄さまが見てみたい。

だがその願いは、私がそばにいる限り永遠に叶わないような気もしてならなかった。

◇

薄紅色の花の季節が終わるころ、私は「贄」の「彼」とともに私室で本を読んでいた。「彼」は私のしたいことになんでも付きあってくれたが、中でも読書は殊更に好んでいるようだった。城の外でも、暇があれば本を読んでいるらしい。面白いものがあれば、私にも貸してくれる優しいひとだった。

今読み終えたものも、彼が持ってきてくれたお伽話だ。不思議な力を持つ兄妹を主人公にした、幸せな結末の物語だった。

「すてきね……あなたにはきょうだいはいるの？」

隣に並んだ「彼」を見上げ、問いかける。黒髪の間から覗く空色の瞳がふっと細められた。

「きょうだいどころか、家族らしい家族もいない。一応、血の繋がりのある人間がいくらかいる程度だな」

「贄」の一族は、ずいぶん家族の絆が薄いらしい。私も人のことは言えないが、淡白な関係性を前に言葉に迷ってしまった。

お伽話の本をぎゅっと抱きしめ、ソファーから下ろした足をぶらぶらと揺らす。

この本の中に登場する兄は、心優しく、妹思いのすてきなひとだった。

「私、お兄さまが欲しいわ。優しくて、私のことが大好きなお兄さまが」

もしも生まれ変わることがあれば、穏やかな両親と、優しいお兄さまのいる家に生まれたい。夢見るように理想の「家族」を思い描いた。

「女王陛下にねだっても、そればかりは難しそうだな」

くすりと笑う「彼」の声に唇を尖らせる。

「それでも、いたらいいのに……。優しいお兄さまなら、眠るまで私のそばにいてくれるでしょう？」

私がまだ成人していないため、「贄」の「彼」は夕方には自分の屋敷へ帰ってしまうのだ。影のように付き従う「騎士」はいるけれど、彼はいつでも冷たいまなざしをしているから、話しかけづらい。お母さまもお父さまも、私が起きている間には顔を見せてくださることはほとんどなかった。侍女たちも、禁忌の姫と呼ばれる私には冷たい。

だから、夜は嫌いだ。吸血鬼にとっては安寧の時間であるはずなのに、私にとっては「贄」の「彼」がそばにいてくれる昼間のほうがずっと心安らかだった。

「そんな顔をするな。お前が成人したら、ひとりじゃなくなる。あいつがずっとそばにいるだろうし……俺だって、許される限りお前と一緒にいる」

「……ありがとう」

許される限り、と限定されるのが寂しいところだった。でもこれが、私たちに定められた宿命なのだ。

……仕方がないと、いつか割りきれるのかしら。

寂しさを押し殺すように微かな笑みを浮かべたそのとき、扉が開いたままの続き部屋から「騎士」の彼が姿を現した。どうやら、隣の部屋を点検していたらしい。

「贇」の「彼」は、いつのまにか黒い薄布で顔を隠していた。ふたりきりのときに顔をあらわにしていることが知られたらどんな罰が下るかわからない。

……私たちの会話が、聞こえてしまったかしら。

「……ごきげんよう。すこしは、休んだらいかがかしら。おいしい紅茶があるのよ」

無理やり微笑みを取り繕って、彼に空いた席を勧めた。ちょうど、柑橘系の香りがする、私と「贇」の「彼」が好きなお茶を淹れたばかりだ。

「せっかくですが、ご遠慮いたします」

氷のようなまなざしが、ちらりと「贇」の「彼」に向けられたのがわかった。きっと「彼」がいるから同席したくないのだろう。鋭い視線を受け取った「彼」もまた、いつになく苛立っているようだった。

「それでは、僕は廊下で護衛を続けておりますので」

それだけ告げて、彼はいちども振り返ることなく退室してしまった。

わかっていたことではあるが、「贄」の「彼」と「騎士」の彼は仲がよくない。どの女王の代でもそれは変わらない風潮であるため、珍しいことではなかった。

……それでも、三人で仲良くできたら嬉しいのだけれど。

それが叶う日は、いつか来るのだろうか。

祈りのような淡い願いを抱きながら、お伽話を抱きしめる。

窓から見える薄紅色の花の木が、青々とした葉をつけて風に揺れていた。

◇

がたん、と何かが揺れる音が響き、夢から無理やり呼び覚まされる。

普段は微睡の間に散る薄紅色の花びらが、部屋の中に散っているような幻覚を覚えた。

ゆっくりと上体を起こし、天蓋から垂らされた薄絹越しに部屋の中を見渡す。

眠ってからまだあまり時間が経っていないようで、部屋の中は銀の月影にぼんやりと照らされていた。

「……お兄さま？　ローラ？」

目をこすりながら、物音の原因を探る。

私の部屋に訪れるとしたら、このふたりしかいない。あるいは、風で窓やバルコニーのガラス扉が揺れたのだろうか。

確かめるべく視線を窓辺に移せば、バルコニーのガラス扉が開いていた。薄手のカーテンが、吹き込んできた夜風にふわりと揺れている。

その薄布越しに、すらりと浮かび上がる黒い人影があった。

「……お兄さま？」

身長からして、ローラではなさそうだ。

天蓋から下ろされた布がわずらわしくて、思わず自分の手で割り開いてしまう。今はまだ夜だから許されるだろう。

こつ、と硬い足音を響かせて、そのひとはこちらに近づいてきた。夜闇に溶け込むような黒い外套が風に靡く。

「フィーネ」

通りのよい美声だったが、知らない声だ。ひゅ、と息が詰まる。

……何？　侵入者？　盗賊？

突然の非常事態に、がたがたと体が震え出す。割り開いていた布を離してしまい、視界は再び薄絹に遮られた。

声を上げて誰かに知らせなければと思うのに、恐怖で身がすくんでしまい、うまく声が出ない。

「ずいぶん捜した。……こんなところにいたんだな」

黒を纏う青年は、ゆっくりと同じ歩調で私との距離を詰めてきた。黒手袋をつけた長い指が、天蓋から下ろされた白い薄絹を割り開く。

そこで初めて、青年の顔がはっきりと見えた。

漆黒の髪に、暗闇の中で浮かび上がるように透き通る空色の瞳。フードを深くかぶっているせいで影になっているが、すっきりと整った顔立ちは、誰からも好かれそうだ。

だが、好青年風の雰囲気とは裏腹に、彼の背負う雰囲気は陰鬱だった。神聖なものとは程遠い、まるで悪魔や死神のような魔の気配がある。

それでも、彼の瞳は怖いくらいに綺麗だった。

こんな状況なのに、一瞬だけ我を忘れて見惚れてしまう。夏の風のような目だ。

「あなたは……誰なの？」

瞳に魅せられたまま、気づけば問いかけていた。

初対面の者として至極真っ当なはずのその問いに、青年はくしゃりと表情を歪ませる。

「……遅かったか。首を見せろ」

「えっ？」

呆気に取られている間に、青年の手が私の首もとに伸びていた。

喉のあたりで結ばれていたレースのリボンを、あっけなく解かれてしまう。

「……いや！」

ぞわり、と忘れかけていた恐怖が蘇った。慌てて寝台から逃げ出そうと身を捩る。だが、我に返るのが遅すぎた。黒手袋の手に口もとを押さえつけられ、その勢いのまま寝台に押し倒される。

覆いかぶさるように逃げ道を塞がれてしまい、声もなく震えることしかできなかった。潤んだ目で青年を見上げれば、彼はどこか自嘲気味に笑った。フードの陰で、綺麗だと思った空色の瞳もよく見えなくなってしまう。

「……そんな目で見るなよ。流石(さすが)に傷つく」

青年が何を言っているのか、まるでわからない。首を横に振りながら、どうにか逃してくれるよう視線だけで訴えた。

「その顔、あの夜を思い出すな。俺がお前に契約を持ちかけた夜。それも覚えてないか？」

訳のわからないことを言われるたび、恐怖が倍増していくようだ。

私の知らない私にまつわる何かを、このひとは知っている。それが、ただただ怖くて仕方がない。

「……お前の『お兄さま』と俺、どっちが好きだ？」

そんなの、問われるまでもなく答えはわかりきっている。

問いかけたわりに口もとを押さえつける手が外される気配はなく、震えながらも彼を睨みつけた。

「……すこしは、お前も心を開いてくれていると思っていたところだったのに」

青年は、どこかためらうような手つきで、私の髪を梳いた。壊れものに触れるような繊細な仕草だったが、気味が悪い。

思わず青年を叩くように左手を振り上げるも、あっけなく捕まってしまった。

彼の視線が、薬指に付けられた指輪に集中する。

「……好き勝手やってくれる」

吐き捨てるような笑い声には、並々ならぬ憎悪と嘲りが含まれていた。

青年はそのまま左手の薬指に噛みつくと、歯で指輪を器用に外した。銀と薄紅色の指輪が、ぽとり、と寝台の上に落ちる。

……せっかく、お兄さまにつけていただいた指輪なのに。

抵抗できない悔しさに、にじんでいた涙がついに決壊した。

ぽろぽろと涙をこぼせば、青年はますます傷ついたと言わんばかりに表情を歪ませる。

「悪い……泣かせるつもりはなかった。怖がらせてごめん」

慰めるように、彼の指先が涙の痕をなぞった。心から悔いているような声だったが、私を解放してくれる気配はない。

何をしても、逃げられる気がしない。ただただ絶望に心が蝕まれていくのがわかった。

……このまま、どうなってしまうの。いや、お兄さま、お兄さま……！

口もとを押さえられているせいで、くぐもった嗚咽がこぼれる。いちど流れ出した涙は、簡単には止まってくれなかった。

「……ひょっとすると、このまま俺のことなんて忘れているほうが、お前は幸せになれるのかもしれないな」

ほんの一瞬だけ、彼の声に迷いが生じた気がした。

だが、それは私の希望的な見方でしかなかったのか、すぐに自嘲気味な笑みが降ってくる。

「だがあいにく……俺はそこまでものわかりがよくないんだ」

青年は外套から銀のロケットを取り出すと、片手で器用に開けた。

その中から、ひらひらと薄紅色の花びらが舞い落ちてくる。

この花は、知っている。毎晩の悪夢で見る花だ。

「フィーネ、ごめん。今からもっと、怖がらせる」

青年はその中から一枚だけを拾い上げると、祈るようにくちづけた。神聖さからは程遠いと思っていたのに、祈る姿はまるで神官か何かのように清廉だ。

「……頼むから、効いてくれよ」

その言葉を機に、青年は薄紅色の花びらを口に含んだ。

何をするつもりなのか、と目を瞠って見守っていると、口もとを押さえつけていた彼の手が緩むのがわかった。

この機会を逃すまい、と口を開いたが、声を上げる前に青年の唇が重なった。

あまりに予想外な行動に、一瞬頭の中が真っ白になる。

だが、感触を味わうようにくちづけの深さが増し始め、すぐに我に返った。

……いや、こんなの、絶対にいや！

黙ってされるがままになるわけにはいかない。見知らぬひとに触れられるなんて、絶対に嫌だ。

……吸血鬼を甘く見ないで。

意を決して、思いきり彼の舌に嚙みついた。

じわり、と温かな血があふれ出す。舌と一緒に何かがぷつりと切れる気配があったが、先ほどのあの花びらかもしれない。

青年は相当な痛みを覚えたようで、びくりと肩を震わせた。だが、それでもくちづけを止める様子はない。

舌に触れる彼の血は、不思議と甘く、優しい味がした。吐き捨てようと思っていたのに、あまりにおいしくて喉を鳴らして飲み下してしまう。

その瞬間、血と一緒に何か薄いものを飲み込んだ気配があった。先ほど彼が口に含んでいた薄紅色の花びらだろう。

気にせずそのまま吸血を続けようとしたが、その瞬間、割れるような頭痛に見舞われた。あまりの激痛に、顔がくしゃりと歪む。

「……っう」

奇遇にも、彼もまた痛みを覚えたように頭に手を当てていた。お互いに口から血をこぼしながら、頭を押さえて激しい痛みに耐える。

ただの花びらだと思っていたが、とんでもない劇薬だったのかもしれない。

あまりの痛みに全身に脂汗をかきながら、寝台の上でうずくまった。

「フィー、ネ……大丈夫、か」

青年は痛みで表情を歪ませながらも、まるで私を労るかのように抱きしめた。痛みを薄れさせようといわんばかりに、ぎこちない手つきで何度も頭を撫でる。

その瞬間、視界いっぱいに薄紅色の花びらが舞った。

幻覚だとわかっていても、思わず手を伸ばしてしまうほどに、鮮やかだ。

何か、膨大な波のようなものが押し寄せてくる気配がする。それとともに、薄紅色の花弁が私の視界を奪うように色濃く舞い上がった。

ぶわり、と視界を覆い尽くす花びらの嵐の中、その先に、誰か、とても大切な、愛おしいひとが私に手を差し伸べていた。

その手に身を委ねるようにして、意識を手放す。

薄紅色の花びらの先で、見えていなかった景色がすこしずつ、色づいていくのがわかった。

◇

城が燃えている。聖国メルヴィルの、美しい白い王城が、赤い炎に包まれている。

お父さまとお母さまが、玉座の間で折り重なるように倒れていたのはもう見た。そのそばで、お母さまの護衛騎士であるおじさまが高笑いしている様も。

おじさまは、私のことをごみのように嫌っていた。私のことが嫌いなひとはたくさんいるけれど、多分、世界でいちばんあのひとが私のことを恨んでいる。お母さまと「贄」であるお父さまの間に生まれてしまった私のことを。

おじさまが動き出せば、おそらく私も殺されるのだろう。お父さまとお母さまが死んでしまったのなら、それもいいと思うけれど、どうしても、私の「贄」である彼のことが気にかかっていた。何があっても彼だけは、解放しなければ。

薄い煙が立ち込める城内を、咳き込みながら走る。彼の美しい黒髪はすぐに見つけられるはずなのに、行く先々で炎が邪魔をしてうまく捜せない。

「クラウス……！　クラウス……!!」

誰より愛おしい、私の「贄」。名前のない彼のために、こっそり私がつけたのだ。誰にも――影のように付き従う「騎士」にさえ悟られないよう、ふたりきりのときにこっそり呼ぶ特別な名前だった。

彼と恋をしてはいけないのに、誰より大好きなひとだった。ときおりいじわるもするけれど、結局は私に優しくて、一緒にいると笑顔の絶えない、夏の光のようなひとだ。

力の限りを尽くして、城内を駆け回る。炎で燃え尽きたところ以外は、くまなく捜し尽くした。それなのに、あの綺麗な黒髪も澄みわたる空色の瞳も見つけられない。

……クラウス、どうして。

深い夜のような絶望が、すこしずつ心を蝕んでいく。体力と気力の限界を目前に控え、私が最後にたどり着いたのは、クラウスとよく散歩をした温室だった。

幸いにも、ガラス張りの温室にはまだ火の手が回っていなかった。あらゆる季節の花が咲き乱れる、幻想的な光景が出迎えてくれる。ここも、じきに灰になるのだろう。

「クラウス……」

すっかり枯れてしまった声で、彼の名前を呼ぶ。返事も姿もない。

……クラウス、どこへ行ったの。

ぼろぼろと、涙があふれ出す。鮮やかな色彩の花びらが散るのも構わずに、その場に崩れ落ちた。

まもなくして、背後に何者かが近づくのがわかった。

振り返らずともわかる。この影のような気配は、私の護衛騎士だ。

「フィーネさま」

王城が燃え落ちようとしているときでも、彼は冷静だった。心があるのか疑わしいほどに、彼はいつでも淡々としている。

「ノア……」

王城を燃やす炎の紅が、月影のような銀の髪を赤く染めていた。氷のように冷たい瞳は、お父さまとお母さまを殺したおじさまとそっくり同じだ。

「フィーネさま、ご無事で何よりでした。ここもいずれ火の手が回りますから、すぐに逃げましょう」

息も切らさずに、ノアは私に手を差し出す。その手が血や煤に汚れていることに気づいて、びくりと肩を震わせてしまった。

「……僕が怖いですか、フィーネさま」

「怖いわ……だって、あなたたち『騎士』の一族がお父さまとお母さまを殺したのでしょう」

たぶん、この国はもう終わる。城が燃え、女王であるお母さままでいなくなってしまった今、とても立て直せるとは思えない。それにおじさまは、絶対に私を生かしておかないだろう。王家の血はここで途絶えるのだ。

「元はと言えば、あなたの父君が女王陛下に懸想したせいです」

「わかっているわ！　私が産まれてきたこと自体、間違いだってことも……！　でも、お父さまもお母さまも、あんなに愛しあっていたのに……」

泣きじゃくりながら、お父さまとお母さまの姿を思い浮かべる。

ふたりはいつでも冷たい視線に晒されていたけれど、深く愛しあっていたことを知っている。そのふたりの愛が育まれた結果生まれた自分自身のことも、私は誇りに思っていた。

「愛しあっているから、あなたもあいつの手を取るおつもりですか」

「どうせこの国はもう終わるわ……。それなら、もう、『贄』も『騎士』も関係なくなる」

だからこそ、「女王の贄」と呼ばれ続けたクラウスを救い出して、ふたりで逃げ出したかったのに。

それなのに、王城にも、この温室にも彼の姿はなかった。炎が焼き尽くした場所以外はすべて捜した。それらのことが物語るのは、ただひとつだ。

クラウスはもう、この世のひとではない。あの鮮やかな赤い炎に、喰らい尽くされてしまったのだろう。

反乱を起こした「騎士」の一族からしてみれば、「贄」の一族はいちばんの標的のはずだ。その証拠に、ここに逃げてくるまでにいちども生きている「贄」の一族に出会わなかった。みんな、何度も何度も剣で刺され、血を噴き出して事切れていた。

クラウスのあの空色の瞳から光が失われた光景を想像すると、もう、二度と立ち上がれなかった。誰より優しくて、愛おしい、私にとって眩しい光のようなひとなのに。

「あいつの姿が、見当たらないのですか」

「とぼけないで。……あなたたちが殺したのでしょう」

「この惨状を見る限り、見逃されたと考えるのは不自然かもしれませんね。残念なことです」

「もういい……もういいわ、ノア――」

色とりどりの花の中に崩れ落ちたまま、彼を見上げる。

「――もう、私も殺して」

クラウスがいないのなら、もう、いい。

彼を失ったまま生きていたいと思うほど、生に執着はなかった。耐えがたい悲しみを抱えて生きていくくらいならば、ここで終わったほうがずっとましだ。

「……どうして、あなたまで死ぬ必要が？」

「彼がいなくなってしまったからよ。……あなたにはきっとわからないわ。愛するひとがいなくなった絶望なんて！」

ぐちゃぐちゃに泣きじゃくりながら叫べば、ノアの深紅の瞳に、すっと翳りが差した。

「本当に、あなたの心にはあいつしかいないのですね。……僕では、あなたを現世に留める鍵にはなり得ませんか。あなたの、たったひとりの婚約者なのに」

淡々と、静かな怒りを燃やしながら、彼は私の肩を揺さぶるように摑んだ。深紅の瞳に反射する炎が、怪しげな光となって揺らめいている。

「僕と一緒に生きるくらいなら、死んだほうがましですか」

「もうこの国は終わるのに……どうして私に執着するの。私と一緒に生きても、あなたが望むものは何も手に入らないわ」

いつでも私にそっけない彼は、王配の座のために我慢して私に付き従ってくれているのだと思っていた。だが、国が滅ぶことが明白な今、もう彼の望む権力は灰になってしまったも同然だ。

彼の真意を探るように、肩を摑まれたままの体勢でまっすぐに彼を見上げる。

彼は、ひどく乾いた笑い声を上げた。

昏い瞳には、私だけが映し出されている。ともすれば、彼の翳りに飲み込まれてしまいそうなほど、美しいその笑みは荒んでいた。

「本当に……あなたは何もわかっていらっしゃらない。僕の欲しいものは、最初からずっと――」

肩を摑んでいた彼の手が、私の首に伸びた。

息苦しくなるような強さではないが、指先は脈打つ血管を捉えている。

「――そうか……ぜんぶ、なくしてしまえばいいのですね。そうすればあなたは、僕だけを見てくださるのですね」

何かをひとりで納得したと言わんばかりに、彼は晴れやかな笑みを見せた。こんなふうに彼が笑うのを見るのは、初めてのことだ。

「ノ、ア……？」

突然の変化についていけず、震えるように名を呼ぶ。

彼はどこか吹っ切れたように微笑みながら、私の髪を何度か撫でた。

「お望み通り、フィーネさまを――姫君であるあなたを、殺して差し上げます」

私の頭を撫でながら、彼はなんの前触れもなく私の首筋に嚙みついた。

「――っ！」

ぷつりと血管が切れる痛みに、顔をしかめる。血を吸われるのはこんなに痛いことだったなんて、知らなかった。

ごく、と血を飲み下す音を聞くたびに、寒気に襲われる。ノアは血に酔いしれるように薄く微笑んでいて、私は今、彼の「贄」になったのだと思い知った。

……ああ、でもこれで、あなたのもとに行けるのなら。

脳裏に愛しいひとの笑みを思い浮かべれば、終末に向かうこの時間さえも、穏やかなものに思えた。

温室の外で、炎が城を食らい尽くしている。私もいずれ、灰になるのだろう。

「……フィーネさまは、ご存知ですか」

「何、を……？」

血を奪われ、意識がうっすらとしてきたころ、彼は笑うように告げた。

「力の強い吸血鬼に大量の血を吸われると、血と一緒に記憶も奪われるのですよ」

「記憶、も……？」

その言葉に、手放しかけていた意識がわずかに覚醒する。

駄目だ、それだけは、駄目。

……クラウスのことだけは、最後まで忘れたくないのに！

「ノ、ア、待って……！」

「死を願うほどにあいつに苦しめられているのなら、あいつのことなんて、きれいに忘れさせて差し上げます。そうしてまた、一から始めましょうね。今度はちゃんと、僕のことを好きになってくださるように」

「……っ！」

「――そうしたら、あなたは僕のものになりますよね、フィーネさま」

彼は、縋りつくように微笑んだ。

息もできないと言わんばかりの、苦しげな表情で。

私が思っているよりもずっと深く、彼は私に執着していたのだと知る。

気づくのが、遅すぎた。再び首筋の傷に噛みつかれ、じわり、と涙がにじむ。

「お願い……やめ、て……ノア――」

その懇願を最後に、ふっと意識が途切れた。

何もかもを奪い尽くすように、薄紅色の花びらが眼裏いっぱいに広がっていく。

クラウスとともに見た大好きな花なのに、今だけは憎らしく思った。

きっと私はもう、クラウスには夢でも会えない。

その確信が鋭く胸に突き刺さって、血を噴き出している。

絶望が心を飲み込む音を聞きながら、私は深い深い眠りについた。

◇

「っ……！」

はっと、懐かしい夢から覚醒する。

あの激痛に導かれるがまま、意識を失っていたらしい。そのせいか、ずしりと頭が重い。

「私……は……」

八年ぶりに、すべての記憶が鮮明に見えた。

……クラウス、ノア。

ぐるぐると、鮮やかな記憶がまじりあって、目眩を呼び起こすほどだった。

……私はずっと、ぜんぶ、忘れて……？

どこか呆然とした心地で、自らの手のひらに視線を落とす。

城にいたころとは違う、すっかり成長した女性の手だ。

「あ……ああ……」

呻き声のような、震える嘆きがこぼれ出す。

……この八年間はぜんぶ、ノアによって生み出されたつくりものの世界だった。

あまりの衝撃に、すぐには理解が追いつかない。

決して不幸ではなかったし、クロウ伯爵家のお父さまやお母さま、ローラのことも大好きだけれど――ノアの嘘をずっと信じて生きていたなんて。

のろのろとした動きで、手のひらからわずかに視線を移す。私の周りには、薄紅色の花びらが何枚も散っていた。

……この花びらが、助けてくれたの？

悪夢の象徴となりつつあった薄紅色の花びらを一枚拾い上げ、そっと胸に抱く。

忌々しい薄紅色の花びらの夢は、ずっと、失った記憶を見せてくれていたのだろうか。

毎朝涙を流すほどに、大切にしまっていた記憶を。

今もまた、ぽたりとひと粒の涙が、頬を伝い落ちていった。その涙を追うように、ゆっくりとあたりを見渡す。

私のすぐそばには、闇色の外套を纏ったクラウスの姿があった。

黒いフードで顔は隠れてしまってよく見えないが、彼なのだとひと目でわかる。

「……クラウス」

生きていた。生きて、もういちど私に会いに来てくれたのだ。

愛おしさに、全身が焼き焦がされるようだった。

「クラウス……！」

未だ眠ったままのクラウスの顔に手を伸ばし、確かめるように指先で触れる。

目もとも、鼻も、唇も、懐かしく愛おしい私の「贄」のものだった。

……すべて、思い出したわ。

私は、亡国メルヴィルの姫。吸血鬼が治める神秘の国の、最後の姫だった。

彼が綴っていた「最愛のひと」の形見は、私が彼の誕生日に贈ったものだ。記憶を失い、何年も経った今も、こうして大切にしてくれていたなんて。

「ん……」

クラウスが軽くみじろぎしたのを機に、ぎゅっと彼の体に抱きつく。

昔とは違う、立派な青年の体だが、ひだまりのような匂いも温もりも変わっていない。

彼に覆いかぶさるような姿勢で抱きしめたまま、彼の顔を隠していたフードをそっと上げる。睫毛を震わせながら、彼はゆっくりと目を開けた。

大好きな、夏の風のような目だ。

じわり、と目頭が熱くなる。

「……こうしていると、あなたは私の花嫁さんみたいね」

ベールを上げるようにフードを握りしめたまま、懐かしい言葉を繰り返す。

唇は今にも泣き出しそうに震えていたが、自然と頰は綻んでいた。

いつでも薄布で隠していた彼の顔を暴く行為は、幼いながらに、何かとても神聖で特別なことのように思えたものだ。あのときのことが鮮明に思い起こされて、胸の奥がじんわりと温かいもので満たされていく。

クラウスは、私の言葉にはっとしたように目を瞠った。

空色の瞳が、信じられないとでも言いたげに細かく揺れている。じわり、と涙の膜が張っているのはきっとお互い様だ。

「馬鹿だな……逆だろ」

今にも泣き出しそうに震える声で笑ったかと思うと、彼は私の背中に腕を回して強く引き寄せた。

私もまた、ぎゅう、と彼にしがみつく。息もできないほどの強さだったが、構わなかった。いつまでも、こうして抱きしめあっていたい。

なんて滑稽で、運命的な話だろう。

私も彼も記憶を失ったまま、もういちど、恋に落ちるなんて。

私はノアに、恐らく彼は廃教会でユリス侯爵令嬢に虐げられているときに、血とともに記憶を奪われたのだ。

それが今になって急に戻ったのは、きっと、あの薄紅色の花びらを飲み込んだおかげなのだと悟っていた。

……「女王の幻花」。あらゆる呪いの解毒剤。

それが、吸血鬼に奪われた記憶まで戻すとは思ってもみなかった。

クラウスは、この花の効力を知って、私に無理やり飲ませたのだろう。私が彼の舌を噛んだせいで、花びらまで千切れてしまい、彼まで「女王の幻花」を飲み込むことになったのだ。

……おかげで、またあなたに会えたわ、クラウス。

しばらく見つめあっていたが、クラウスは私の背中に腕を回し、息もできないほど強く抱きしめた。私も目いっぱいの力を込めて、彼に縋りつく。

息苦しさと再会の喜びに、ぽたぽたと涙がこぼれ落ちていく。それは、雨のようにクラウスの外套を濡らした。

「……生きていてくれて、ありがとう。クラウス」

「それは俺の台詞だ。……ようやくまた、お前に会えた」

クラウスは私を抱きしめたまま起き上がり、私の顔を覗き込むようにして涙を拭ってくれた。けれど、どれだけ拭われても涙が途切れることはない。

「あなたが……また私を見つけ出してくれたのね」

彼と初めて出会った、薄紅色の花の木を思い出す。

怪我をしてひとりで泣きじゃくる私に、彼は惜しげもなく血をくれたのだ。その優しさに触れた日から、私はきっと彼に惹かれていた。

涙と一緒に口の中に残る彼の甘い血を飲み込む。思わず、唇に付着した彼の血の名残にそっと指で触れた。

その行動を見ていたらしいクラウスが、私の顔を覗き込むようにふっと笑う。

「どうした？　まだお腹が空いているのか？　欲しいなら好きなだけ飲めばいい。俺はお前の『贄』なんだから」

額をこつん、と合わせて、彼は慈しむように私を見ていた。

黒い外套からあらわになった白い首筋を見て、慌てて視線を逸らす。その拍子に、目尻に溜まっていた涙がぱっと散っていった。

……ひどい誘惑だわ。

彼の血は、いつでもずっとおいしかった。けれど、彼への気持ちを自覚するようになってから、好きなひとの血を食事と称して貪ることにためらいを覚えるようになったのだ。今まで何も考えずに飲んでいた人間の血も、彼と同じように誰かにとっての尊いひとなのだと思うと、血を飲むこと自体にも抵抗を覚えるようになってしまった。

「今は……いいの。たくさん、もらったもの……」

自分でそう言ってから、先ほど彼とくちづけたことを思い出して、燃え上がるほどに頰が熱くなった。くちづけながら舌から吸血するなんて、なんて乱暴で品のない血のもらい方だろう。

……それに彼は、ユリス侯爵令嬢にも同じように血を吸われていたはずよ。

それは、心の傷を直接抉るような行いではないだろうか。先ほどはノアに記憶を奪われていたせいで彼だとわからなかったからとはいえ、ひどいことをしてしまった。

「その……さっきはごめんなさい。嫌な思いをさせてしまったわ」

顔を赤くしたまま、俯くように謝罪する。

これが原因で、彼に嫌われてしまったらどうしよう。

「さっき？　別に、お前が相手ならすこしも嫌じゃ――」

そこまで言って、彼ははっとしたように口を噤んだ。

驚いて顔を上げれば、彼は耳を真っ赤にして横を向いていた。その反応に、私まで恥ずかしくなってしまう。

「……とにかく、お前が気にすることじゃない」

「……わかったわ」

互いの動揺を鎮めるように、指先だけを絡めあう。触れている箇所はわずかなのに、身を焦がすような熱が伝わってくるようだ。

吸い寄せられるように、ぎこちなく見つめあう。沈黙は長いこと続かず、やがて、どちらからともなくくすくすと笑い始めた。

こうして笑いあっていると、まるで幼い日の私たちに戻ったようだ。

彼は幸せを噛みしめるように微笑んで、私の頭に手を乗せた。そのまま、包み込むようにゆっくりと撫でてくれる。彼の腕の中にすっぽりと収まるような体勢で、私もそっと彼に寄りかかった。

この腕の中こそが、私が本当に羽を休めるべき場所なのだと悟った。

彼は私の髪に顔を埋めるようにして、頭にくちづけた。どこかためらうような、不器用な仕草がくすぐったい。それでも、触れた温もりから果てしない慈愛が伝わってくる。

私もまた彼の熱に酔いしれるように、ゆったりとまぶたを閉じた。涙がまたひと粒頬を伝っていったが、すこしも気にかからない。

……やっと、還ることができた。

長い、長い旅をしてきたような心地だ。私の安寧はここにあったのだと、身に刻みつけるように彼の温もりに縋りつく。

星が瞬く音も聞こえるような、静謐な風がふたりを撫でた。

どれだけこうしていても足りない。心が溶けあうような静寂が、今はただただ心地よかった。

「――『女王の幻花』が、まだ手に入ったとは。こればかりは予想外でした」

甘く幸福な空気を切り裂くような冷たい声に、びくりと肩を震わせる。

夢から、無理やり呼び覚まされたような感覚だった。

「……っノア」

身を震わせながら、いつのまにか寝台のそばに立っていたノアを見上げる。

月影を背に微笑む彼は、相変わらずぞっとするほどの美しさだった。

「……すべて、思い出してしまったんだね。フィーネ」

ノアは寂しげに微笑んだかと思うと、次の瞬間には別人のような冷めきった表情でクラウスを睨みつけた。

「――よくもやってくれたな……『贄』の分際で」

殺意すらにじむ鋭い声に、思わずクラウスを庇うように膝立ちになる。

そうでもしなければ、今にも何かひどいことが起こりそうだった。

「ノア……お願い。クラウスのことは傷つけないで……！」

懇願するように、震えながら彼を見上げる。

こんなふうにクラウスを庇えば、ノアの怒りを買うことは間違いない。何をされるのかわからず恐ろしかったが、それでも庇わずにはいられなかった。

誰に理解されなくとも、クラウスはただの「贄」なんかじゃない。

私の、誰よりも大切なひとなのだから。

ノアは、ひどく昏い瞳で私を見ていた。まるで、国が滅んだあの夜のような、深い翳りのあるまなざしだ。

威圧感すら伴った沈黙に、首を絞められているような心地になる。

呼吸も許されない緊張感の中で、やがてノアはぽつりと呟いた。

「……君にとって、僕はきっと、化け物でしかなかったね、フィーネ」

ノアは、翳った瞳はそのままに、小さく笑ってみせた。

寂しげなその笑い方は、何度も見たことがある。

「君は国が滅んだ以上、僕の望むものは手に入らないと言っていたけれど……この八年間、君の兄としてふるまっている間は、手に入ったような気がしていたよ」

どこか諦念をにじませた声に、胸の奥が疼く。「お兄さま」の寂しげな表情を見るたびに感じていた疼きと同じだ。

「君は、きっと不幸せだったのだろうけれど、僕は幸せだった。……今まで生きてきた中で、いちばん」

ノアはかすかに微笑みながら、左手の薬指につけられた指輪にくちづけた。

私とおろそいの、私たちを結ぶ鎖の象徴のような指輪だ。

「わからないわ……私の記憶を奪ったなら、もっと、私を好きにできたはずでしょう？どうして、私の兄だと名乗ったの……？」

彼が私に向ける感情は、決して妹に向けるようなものではなかった。

私に指輪を贈ったことといい、彼が望む立場はむしろ、国があったときと同じように、私の婚約者だったように思えるのに。

「……フィーネは『お兄さま』を欲しがっていただろう？」

ノアは、懐かしむように目を細め、指輪を見つめた。

確かに、不思議な力を持つ兄妹が活躍するお伽話を読んで、クラウスとともにそんな他愛のない話をしたこともあった。あの話はやはり、ノアにも聞こえていたらしい。

「君の望む『お兄さま』になれたら……そうしたら――」

左右で色の違うノアの瞳が、まっすぐに私に向けられる。

「――僕にも、そいつに向けるような晴れやかな表情で、笑ってくれるかと思ったんだ」

彼の左目から、涙がひと粒こぼれ落ちる。

月の光を反射して流れ落ちていくその雫に、息ができないほど胸を締めつけられた。

――笑って、フィーネ。……笑ってよ。

何度微笑みかけても、彼が寂しげに目を細めた理由がようやくわかった気がした。

「ノ、ア……」

目頭が、焼けるように熱くなる。言葉が、まるで見つからなかった。

「でも、もういい――もういいんです、フィーネさま」

ノアは、どこか吹っきれたように笑って、胸に手を当てて慎ましく礼をした。

まるで、私の騎士であったときのように。

「フィーネさま、僕のほうがそいつよりきっと、あなたに囚われた『贄』でした。あなたに、初めて会ったときから、ずっと」

ゆっくりと顔を上げ、彼はにこりと笑う。

今まで見た中で、いちばん優しい笑い方だった。

「——たくさん傷つけて、ごめんね、フィーネ」

それだけ告げると、ノアはくるりと踵を返し、バルコニーへ躍り出た。

嫌な予感に、私もクラウスも同時に立ち上がる。

「待て！」

「やめて！　ノア！」

私たちが駆け出すと同時に、彼は、バルコニーの向こうへと姿を消した。

私と彼を結びつけていた見えない鎖が、かしゃん、と音を立てて切れた気がした。

終章　幻花の初恋

広い東屋から、きらきらと輝く湖の水面を眺める。よく晴れた日だからか、湖のほとりには、ちらほらと人影が見受けられた。

以前ひとりで雨に打たれていたときとは、まるで違う景色だ。こんなに、美しい場所だったなんて。

「……気分は悪くないか？」

隣で、クラウスが気遣うように私の顔を覗き込んだ。ずっと日陰にいるから、具合が悪くなることはない。

「平気よ、ありがとう」

聖国メルヴィルがあったときも、こうして彼に外に連れ出してもらっていたものだ。懐かしさに、ふ、と頬を緩めながら、近ごろの慌ただしい毎日を思い返した。

「女王の幻花」ですべての記憶を取り戻した私たちは、お互いの記憶をすり合わせるようにたくさんの話をした。私がノアに記憶を奪われていたこと、クラウスはノアに吸血される私を見て、私の死を確信したこと、互いに知らなかった事情を打ち明けあって、ようやく落ち着いたところだった。

ユリス侯爵令嬢たちに虐げられ、何もかも忘れてしまった彼が、私の存在と、私がつけた「クラウス」という名前だけは守り抜いてくれていたことが嬉しかった。

ノアは、私が「贄」にクラウスという名前をつけていたことを知らなかったのだろう。知っていたら、クラウスと私の婚約を、もっと早い段階で阻止していたはずだ。

そっと、左手の薬指に視線を落とす。薬指のつけねには、薄紅色と銀の鎖が絡まるような意匠の指輪が飾られていた。

ノアから貰ったこの指輪は、結局、肌身離さず身につけている。外したら、何か取り返しのつかないことになってしまいそうで怖いのだ。

……どこに、いるのかしら。

ノアが、バルコニーから姿を消したあの夜、クラウスと私ですぐにあたりを捜索したが、ノアの遺体も姿も見当たらなかった。それ以来、彼は消息不明だ。

でも、生きていることは確信できる。

ノアが姿を消してからというもの、週にいちどの「目覚めの食事」が終わるころに、烏（からす）が一輪の黒薔薇を運んでくるのだ。

手紙のひとつもついていない、差出人不明の花だったが、誰が贈っているのかはすぐにわかった。

……ノア、なのよね。

まるで「ちゃんと血を飲めてえらいね」と言わんばかりに、毎回毎回律儀に黒薔薇が届く。なかなか枯れないその花は、常に私の部屋の花瓶を占領していた。

ノアとの間に結ばれた見えない鎖は、きっと今も切れていない。

指輪を外せないことも、黒薔薇を飾るしかないことも、その証だった。

たぶん、この先もずっとそうなのだろう。

陰に、見えない背後に、常に彼の気配を感じながら、私は生きていく。仄暗い息苦しさは、いつまでも私の心に彼の存在を刻みつけるはずだ。

でも、それでいいと思っていた。これが私なりの、ノアとの付きあい方だ。

今はまだ複雑な気持ちがまさっていても、いつか黒薔薇が届くたびにふっと微笑むことができるようになるかもしれない。

「……また、ノアのことを考えていたのか？」

隣から、ぶっきらぼうな問いかけが投げかけられる。

たぶん、私がノアのことを考えるのを彼は面白く思っていないはずだが、すべて私の自由にさせてくれていた。

「どうせ今日も、花を贈ってきたんだろう。……黒薔薇というところがたち悪いよな。

全然諦めてないじゃないか」

そう言いながら、クラウスはどこか拗ねたように小さく溜息をつく。

その些細な表情の変化に思わず頰を緩ませながら、テーブルの隅に置いていた小さな籠を手繰り寄せた。

「そう言わずに、機嫌を直して、クラウス。今日はね、あなたに贈り物があるのよ。口に合えばいいけれど……」

籠から取り出したのは、早起きしてローラとともに作った焼き菓子だった。

湖のほとりで食べるとわかっていたから、手で食べられるように小さく作った。若干焦げたが、食べられなくはないはずだ。

「……まさか、お前が作ったのか？」

クラウスは、わずかに空色の瞳を見開いて籠の中を覗き込んだ。あまり見栄えはよくないから、まじまじと観察されると恥ずかしい。

「ほとんど、ローラに手伝ってもらったけれど……ええ、そうね、私が作ったの。前に約束していたもの」

湖に行くという約束を、ずいぶん先延ばしにしてしまった。夏の盛りは過ぎて、そろそろ涼しくなる季節になったのだから。

クラウスは無言で焼き菓子をつまみ上げると、ためらいもせずに口に放りこんだ。

目の前で自分の作ったものを食べてもらうというのは、思ったよりも緊張する。

「どう、かしら……」

耐えきれず、私のほうから問いかけてしまう。

「……おいしい。すごく」

それだけ言って、彼はもうひとつ焼き菓子をつまみ上げ口に運んだ。

お互いに視線を合わせぬまま、気恥ずかしいような感覚に襲われる。

それでも、彼が褒めてくれたのが嬉しかった。自然と頬が緩んでしまう。

「お口に合ってよかったわ……」

私もひとつつまんでみようかと、籠に手を伸ばしたそのとき、同じように新たな焼き菓子をつまもうとしていたクラウスの手と指先がぶつかった。

「あ……」

「悪い……」

どちらからともなく手を引っ込め、視線を彷徨わせてしまう。夏は終わろうというのに、なんだか暑くて仕方なかった。

クラウスが幼いころの初恋のひとだと気づいてからというもの、正直、彼とどう接していいかわからなくなっている。それはきっと、彼も同じなのだろう。

彼と私はもう主従関係ではないし、私が生きているとわかった以上、彼がノアへ復讐する理由もない。

契約は終わってもおかしくないのだが、どちらからもそれについては触れられず、ずるずると曖昧な婚約関係が続いていた。

……でも、もし彼の気が変わって、婚約破棄になってしまったら――。

それだけは、絶対に嫌だ。私はもっと、彼と一緒にいたい。

ちらり、と彼の様子を盗み見る。

彼は私から視線を逸らしたまま、口もとに拳を当てて耳の端を赤くしていた。

その反応に、とくん、と心臓が小さく脈打った。私までますます恥ずかしくなってしまう。

……でも、言わなくちゃいけないわ。

この先も彼と一緒にいたいのなら、私の気持ちを伝えなければ。

「あ、あのね、クラウス――」

「フィーネ、話があるんだが――」

沈黙はずいぶんと長かったのに、ふたり同時に切り出してしまった。

お互い、驚いたように目を瞠る。それからふっと、小さな笑みをこぼした。空気がぐっと和らいでいく。

「ごめんなさい、先に言っていいわ。私の話は長くなりそうだから」

「そうか……俺は……お前に贈り物があるという話だったんだ。その、気に入ってくれるといいんだが……」

クラウスはどこかぎこちない手つきで上着の中に手を差し入れると、銀の小箱を取り出した。彼はそれを片手で器用に開けると、私の前にすっと差し出す。

「……っ」

それは、薄紅色の宝石が嵌め込まれた可憐な指輪だった。輪の部分には、よく見れば薄紅色の花びらを模したような刻印が施されている。

「前回の婚約指輪は、散々なものだったから、改めて贈ろうかと思って」

彼は気恥ずかしそうにはにかみながら、指輪をそっと指先でつまみ上げた。

「……契約に、もう意味なんてないことはわかっている。でも俺は、まだフィーネと一緒にいたい」

指輪を持つ手が、震えている。彼は相当な勇気を振り絞って告白してくれているようだった。

その緊張が伝わってきて、私まで落ちつかない気持ちになった。

「改めて……婚約を申し込む。どうか、受け取ってくれないか」

じわり、と心の中に温かなものが満ちていく。

——お前は今夜から、俺の恋人で、婚約者だ。

……あの夜の尊大な言葉とは、大違いね。

彼と契約を結んだ日を懐かしく思いながら、ふっと微笑んだ。

私の答えは、もちろん決まっている。

「はい。……こちらこそ、改めてよろしくね、クラウス」

答える私の声は、緊張と幸福感から小さく震えていた。

クラウスはぱっと顔を上げると、晴れやかな笑みを浮かべる。

「……ありがとう、フィーネ」

そう言って、彼は差し出した指輪を私の右手の薬指につけた。

予想外の場所だったので、窺うように彼を見上げれば、彼は穏やかなまなざしで私を見つめた。

「城育ちのお前は知らないだろうが、亡国メルヴィルでは、恋人から貰った指輪は右手の薬指につけるものなんだ。……これなら、その指輪も外さずにいられるだろ」

さりげないクラウスの気遣いに、胸が熱くなる。

クラウスがくれたこの指輪は、決して束縛の象徴ではない。私の自由に寄り添うと誓った証だった。

……そういう意味でも、私の「贄」と「騎士」はどこまでも正反対ね。

左右の指に嵌められた指輪を眺め、頬を緩めた。

「大切にするわ。ありがとう、クラウス」

満面の笑みでクラウスを見上げれば、彼はふい、と視線を逸らしてしまった。

「……気に入ったなら、それでいい」

素直じゃないのは成長しても変わらないらしい。逸らされた視線にすら愛しさを覚えながら、そっと右手の指輪にくちづけた。

その瞬間、白い東屋の中に、ひらひらと一匹の蝶が迷い込んできた。

目の覚めるような蒼い羽を、優雅に揺らめかせている。いつか、クラウスとともに「女王の幻花」の下で見たあの蝶によく似ていた。

「綺麗……」

思わず止まり木代わりに右手を差し出せば、蝶はゆったりと私の人差し指に留まった。これには思わず、はしゃぐようにクラウスを見つめてしまう。

「見て！　クラウス」

「お前は幻花みたいだから、好かれているのかもな」

クラウスはくすりと笑いながら、指先で私の髪に触れた。「女王の幻花」と同じ、薄紅色の髪だ。

「かわいいわ」

慈しむようにそっと顔に近づければ、その動きで蝶は飛び立ってしまった。

宝石を砕いたような蒼い鱗粉を振り撒きながら、蝶は白い東屋を抜け、澄みわたる青空へ飛び出していく。空を映す湖が金色の日差しを反射して、まるで蝶の進む道を照らし出すかのようだった。

「また、会いにきてね」

飛び立つ後ろ姿に声をかけ、クラウスとふたりで小さく手を振る。

ふたりの間に下ろした手は、いつのまにか、指先を絡めあうように重なっていた。

あとがき

「幻花の婚礼　贄は囚われの恋をする」をお手にとっていただきましてありがとうございます。作者の染井由乃です。

相容れないはずの吸血鬼と神官の恋物語、いかがでしたでしょうか。

普段私はヒロインがヤンデレと結ばれる話を書くことが多いのですが、今回はどちらかといえばツンデレ要素強めのヒーローで、新鮮な気持ちで書きました。お兄さまが激しめのヤンデレなので、ツンデレ対ヤンデレの戦いみたいで楽しかったです。

クラウスは本当に難しいキャラクターで、デレの匙加減にかなり悩みました。改稿の途中ではフィーネともっといちゃいちゃしているシーンもあったのですが、今のかたちに落ち着いてちょうどよかったかなと思っております。黒薔薇が毎週フィーネに届いてふてくされているクラウスは結構お気に入りです。

対してお兄さまはある意味わかりやすいキャラクターだったのかなと思います。ヤンデレってわかりやすいのかもしれません。クラウスがどちらかといえば恋愛に関して初心な面を持つキャラなのに対し、お兄さまは色気たっぷりを意識して書きました。怪しい美しさ、みたいなものを表現できていたら嬉しいです。

フィーネは一緒にいる相手によってかなり表情を変える子だな、と思いながら書きました。クラウスと並べば年相応に明るい子に、お兄さまと並べば緩やかに破滅に向かうしっとりした雰囲気の子になるのかな、と思っております。国が滅ばなかったらお兄さまの隣で静かに微笑(ほほえ)んでいたことでしょう……！

最後に、この本に関わってくださった皆さまにこの場を借りてお礼を申し上げたいと思います。

カバーイラストを担当してくださったボダックス先生、フィーネとクラウスをこんなにも美麗に描いていただきましてありがとうございました。フィーネがクラウスを見つめる愛(いと)しげでどこか切ないまなざしがたまらないです！　見るたびに幸せを噛(か)みしめております。

そして改稿を重ねるたびにさらに面白くなる助言をくださった編集Sさま、編集部の皆さま、校閲のご担当者さま、デザインのご担当者さま、印刷所の皆さま、どうもありがとうございました！

最後に、この本を手に取ってくださった皆さまに改めてお礼を申し上げます。

フィーネたちが愛(め)でた幻花のように、本作が皆さまの心にひとひらでも残れば幸いです。またどこかでお会いできますように！

染井由乃

<初出>
本書は、カクヨムに掲載された『吸血伯爵令嬢フィーネの追想録』を加筆・修正したものです。

メディアワークス文庫

幻花の婚礼
贄は囚われの恋をする

染井由乃

2022年9月25日　初版発行

発行者　青柳昌行
発行　株式会社KADOKAWA
〒102-8177　東京都千代田区富士見2-13-3
0570-002-301（ナビダイヤル）
装丁者　渡辺宏一（有限会社ニイナナニイゴオ）
印刷　株式会社暁印刷
製本　株式会社暁印刷

●お問い合わせ
https://www.kadokawa.co.jp/（「お問い合わせ」へお進みください）
※内容によっては、お答えできない場合があります。
※サポートは日本国内のみとさせていただきます。
※Japanese text only

※定価はカバーに表示してあります。

ISBN978-4-04-914644-8 C0193

メディアワークス文庫　https://mwbunko.com/

本書に対するご意見、ご感想をお寄せください。

あて先
〒102-8177　東京都千代田区富士見2-13-3
メディアワークス文庫編集部
「染井由乃先生」係

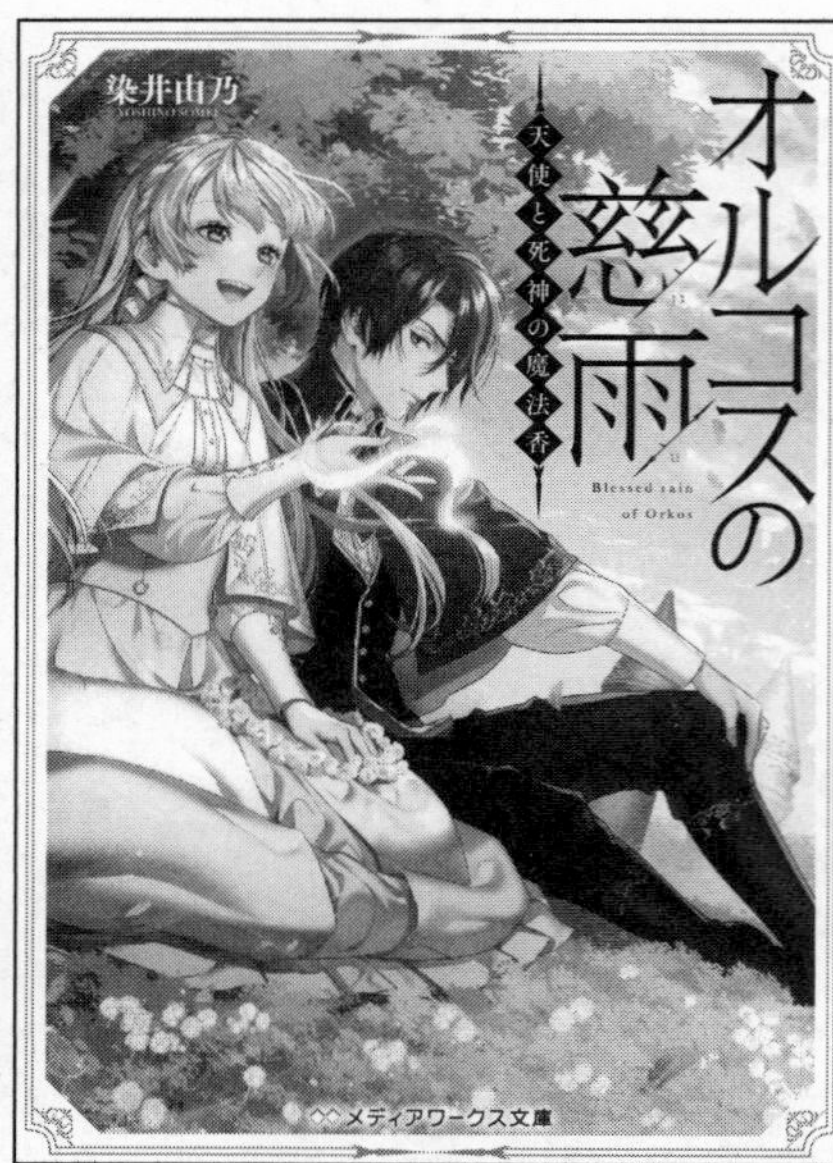

オルコスの慈雨
天使と死神の魔法香

染井由乃

その魔法には、香りと想いが込められている——。

互いに偉大な魔術師と同じ魔法香を持つ孤児のシルヴィアとルグ。二人は優しい魔術師に引き取られ、日々幸せに過ごしていた。しかし、ある事件を境に溝が出来てしまう。

それから数年後。16歳になった彼らの元に、名門と名高いフォルトゥナ魔法学園への入学案内が届く。期待に胸を膨らませるも、あまりにも珍しい二人の魔法香に、様々な噂が立ってしまい……？

彼らの魔法香に秘められた謎、そして忌まわしき事件の秘密。魔法学園を舞台に、運命の歯車が回りだす——！

黒狼王と白銀の贄姫
辺境の地で最愛を得る

高岡未来

彼の人は、わたしを優しく包み込む──。
波瀾万丈のシンデレラロマンス。

妾腹ということで王妃らに虐げられて育ってきたゼルスの王女エデルは、戦に負けた代償として義姉の身代わりで戦勝国へ嫁ぐことに。相手は「黒狼王（こくろうおう）」と渾名されるオルティウス。野獣のような体で闘うことしか能がないと噂の蛮族の王。しかし結婚の儀の日にエデルが対面したのは、瞳に理知的な光を宿す黒髪長身の美しい青年で──。

やがて、二人の邂逅は王国の存続を揺るがす事態に発展するのだった…。

激動の運命に翻弄される、波瀾万丈のシンデレラロマンス！

【本書だけで読める、番外編「移ろう風の音を子守歌とともに」を収録】

メディアワークス文庫